青春與惡魔 2

作者—池田明季哉

插畫—ゆーFOU

Kadokawa Fantastic Novels

三雨摘下了連帽外套的兜帽，
又拿掉了戴在底下的毛線帽。
隨之蹦出來的，
是被黑色毛皮覆蓋的兩隻——耳朵。

伊藤衣緒花
Ioka Ito
「——我想和有葉同學成為一家人。
你應該很樂意吧？」

「咱要為了抱持著
戀慕之心的大家——唱出這首歌！」
宮村三雨
Miu Miyamura

AOHAL DEVIL

Written by Akiya Ikeda　Illustration by YUFOU

所謂的形象，就像是拉得長長的影子。
就算等著太陽西沉，也永遠不會消失。
「不這樣做不行」的壓力，
在當事人承受不了之前，通常都是持續存在的。
但凡世上的人類，都只是在模仿著理想的自己罷了。

——凱斯・李察（註：「滾石樂團」創始成員之一）

序章

Fuzz Face

有生以來，咱首次踏上了表演舞台。

將咱照得發燙的刺眼燈光，為舞台的內外隔出了明確的界線。舞台外側一片昏黑，什麼也看不見。

咱原本以為視線之所以有些搖晃，是因為緊張到有些頭暈了。但在眼睛適應之後，咱才發現這樣的想法錯了。

正在搖晃的——是人。

那是許許多多的人類，他們正壓低音量竊竊私語，簡直像是深夜的海潮。

而咱則像是待在岸邊的初生幼兔，正抽著鼻子渾身發抖。

就算看不見，咱也知道自己受到了萬眾矚目。明明眼前是一片黑暗，腦子卻是一片空白。咱的臉想必正漲得通紅吧。

臉龐的熱度逐漸遍及全身，胸口為之一緊，肚子隱隱作痛，然而手腳冰冷且僵硬。好可怕。好討厭。真想立即從舞台上消失。這些負面的情緒伴隨著加快的心跳，流經了全身上下。

簡直像是被剝光了衣服似的。

不對，這比赤身裸體還要來得害臊許多。

咱如今已經明白，所謂的軀體不過就是外觀的好壞罷了。咱雖然個子小，又沒什麼胸部，而且還瘦巴巴的不怎麼可靠，就連咱都不怎麼喜歡自己。但和等待著咱去做的事情相比，這副臭皮囊的好壞根本無關緊要。咱現在就想逃離此地，奔回老家窩在房裡。要是有人和咱說：「我可以讓這一切都沒發生過。」那咱八成會開開心心地脫光衣服吧。

咱就是這麼恐懼。

恐懼著音樂。

因為那會極為殘酷地將表演者的技術、練習、默契和才能暴露殆盡。

發出聲音、彈奏手上的吉他。即便動作如此簡單，但就是聽在對音樂一竅不通的觀眾耳裡，也能敏銳地聽出走音或是搶拍等些許錯誤。他們一下子就能明白，眼前的表演者是否真有踏上舞台的資格——宛如下達死刑判決的陪審員。

這也是無可奈何的。畢竟咱一直以來也都是台下的一分子。在台下的咱以前總是待在安全之處，口無遮攔地評論台上的好壞。

咱之所以一直不肯上台，其實也是因為察覺到了這點——察覺到以前的咱是多麼地純真而殘酷。

既然如此，咱就該扛起罪孽，接受這應得的報應。咱已經做足了這方面的覺悟。

咱真正最感到害怕的——

其實是暴露自己的真心。

咱是帶著何種念頭，懷著什麼樣的心情站在這裡的？

奏響音色的手法、聲音表露的情緒——這些都會赤裸裸地展露出來。

這一切一切，都會毫不遮掩、無所遁形地傳遞出去。

但也因此，咱才會待在這裡。

明明早就明白這個道理，也是自己做出的決定，儘管如此，全身的顫抖依舊止不住。

樂團的成員們都憂心地朝我看來。

咱原本已經做好了概括承受的心理準備。

現在的咱非常、非常地緊張。好害羞。咱不要。咱不想彈出音色，也不想發出聲音。咱不想被任何人看著，因為咱是如此醜陋。咱不僅心靈無比扭曲，還貪婪成性，又不被任何人所愛，是個一無所有之人。

即便如此——

這就是咱真實的樣貌。

如今，咱就站在這小小的舞台上，無法控制地發抖著。

就只有這份顫抖，是屬於咱的東西。

咱知道，所有的聲音都是由震動產生的。

不管是掛在脖子下方的吉他，還是豎在眼前的麥克風，抑或是咱的手指、喉嚨、身軀的震動，都將會轉化為巨大的聲音，在黑暗的另一側炸出轟然巨響。

而這麼一來，就會無可避免地——將咱的心思給直白地傳遞出去吧。

這份震動——

肯定就是咱的搖滾。

咱閉上眼睛，深吸一口氣。

左手感受著吉他弦的粗糙觸感，右手則是緊緊握住光滑的撥片，以防失手滑落。

欸，雖然從咱這裡看不見——

但你一定就在那裡對吧？

因為相信你會接下這份心思，所以咱才會朝著眼前的大片漆黑縱身一躍。

「那麼，請各位聆聽這首歌——」

沒錯。

這是關於咱，終將把真正的心情傳達出去的故事。

Aohal Devil
青春與
惡魔 2

AOHAL DEVIL
池田明季哉
插畫－ゆーFOU
Written by Akiya Ikeda　Illustration by YUFOU
Published by DENGEKI BUNKO

第1章 已經不是白堊紀了

我原本一直過著風平浪靜的生活。

那就像是愣愣地仰望夜空，眺望著群星閃爍的日子。無論是星星的名字還是星座的方位，我一直以來都是一無所知。那樣的夜晚毫無故事性可言，就僅僅是泛著光芒而已。我總是看著手機螢幕裡的星空，淡淡地抱持著「真好看」的念頭。光是這麼做，就已經讓我獲得十二分的滿足了。畢竟星星的數量多不計數，光靠著它們的照映，便能將我的夜路照得通明。

只不過這樣的日子已經灰飛湮滅，再也不復見。

若要比喻的話，那就像是原本遠及數光年之遠的耀眼恆星，突然朝著自己墜落而來的感覺。過於耀眼的光芒讓我睜不開眼睛、不可理喻的溫度灼燒著自己、強烈過頭的重力將我耍得團團轉。不過恆星逐漸描繪出穩定的繞行軌道，如今，我正環繞著它轉個不停。

伊藤衣緒花。

這便是那顆恆星的名字。

也不曉得我是造了什麼孽，居然落得以驅魔師的身分為她驅除惡魔的下場。

而在事情落幕之後，不管我願不願意，她——都成了我生活的中心。

此時此刻，衣緒花占領了我隔壁的座位。她蹺著修長的雙腳，秀出裙襬底下的炫目大腿，以打理得有些吹毛求疵的美麗指尖操作著手機。

「欸，有葉同學，你看看這個。」

她這麼說著，大大方方地將手機秀到了我的面前。

衣緒花露出了像是在考驗我的神情。我雖然為此感到不解，但還是窺探起手機的畫面。

映在螢幕上的，是衣緒花走在街上的照片。

從稍遠之處拍下的這張照片，附有這麼一段留言。

〈我看到小衣緒花了！本尊瘦得有夠扯！〉

留言也意味著這是由某位行人所拍下的照片。

在**那起事件**中，衣緒花被惡魔附身，還在正式的走秀活動之中引發了火災。衣緒花不僅是當事人，也被視為奇蹟生還的倖存者，所以曾受到一陣子的矚目。由於直到她著火為止，整個活動都是現場直播的，所以當時的攝影片段占盡了各大新聞台的版面，讓她被取了個「燃燒的模特兒」的別名，也因此聲名大噪。

那次事件也曾被懷疑是遭到縱火或是恐怖攻擊，但調查後研判是一起原因不明的失火案，因此會場和廠商都未能防範。而設計師手塚照汰在應對方面做得無懈可擊，加上經紀人清水先生也出手善後，所以整起風波很快就平靜了下來。

由於是在非自願的情況下一舉成名，衣緒花也可能遭受有心人士的抹黑中傷。但她最後之所以能夠全身而退，不單是因為周遭人士的奮戰有功，更是因為她迄今都表現出敬業的工作態度，也受到了相關工作人員的一致肯定。

如此一來，會想挑選她作為模特兒的公司自然也會隨之增多。衣緒花的通告量爆炸性地增加，本人的知名度也跟著上升，甚至到了會將偶遇她的消息放上社群網站大肆傳播的地步。為此，我原本也不覺得這樣的照片有什麼稀奇之處。

沒錯，至少一開始是如此。

「嗯，是衣緒花呢。」

聽到我的感想，她登時有些不服氣地皺起眉頭。

「果然啊。」

「果、果然是什麼意思？」

「其實呢，在這個日子，我一整天都待在攝影棚裡拍攝喔。天還亮著的那段期間裡，我一次都沒有外出過喔。」

「咦？意思是……這世上還有另一個衣緒花？」

出乎意料的情節讓我為之一驚，但這樣的猜測似乎是落空了。

「你在胡說些什麼呀？哪可能有另一個我？」

她露出了傻眼的神情，解釋起來龍去脈：

「她穿得和上個月的《ABBY》雜誌套裝一模一樣，髮型也打理得相當相似。雖然看不見長相，但從散發的氛圍來看，應該也上了相似的妝吧。這肯定是有人在刻意模仿我的打扮呀。」

「哦，原來如此。」

仔細想想，這才是正常的解答啊。也難怪衣緒花會露出傻眼的反應。

「但看在有葉同學眼裡，照片裡的人就是我對吧？」

「嗚，那是因為……」

「你連我和其他女人都分辨不出來嗎？」

被她這麼一瞪，我登時窮於言詞，這讓她重重地哼了一聲。

「哎，也罷。這也代表我的名聲早已如雷貫耳，甚至有人開始模仿我起來了呢。你還不快誇我幾句？」

說著，衣緒花挺起胸口，露出了得意洋洋的神情。

「別講得像是戰國時代的武將一樣啦……但妳以前不是說過，模仿模特兒的穿著並不是一件好事嗎？」

「這是兩碼事。如果有人將我視為楷模，我自然會坦率地感到開心呀。」

「畢竟之前也經歷過那種事嘛。」

「如此這般，這讓我有了一個構思。為了將整個世界納入我的掌心，我應該要百尺竿頭更進一步。」

「這已經是帝國主義了。」

衣緒花依然是老樣子，就算驅除了惡魔也一樣。
不過她也有變得與之前大不相同的部分。
「所以說，我們下次一起去看男士的服飾吧。」
不知為何，我依舊是衣緒花外出行動時的固定班底。
「不不，為什麼會得出這種結論啊？」
「因為我得讓有葉同學多試穿些衣服才行呀？」
「要試穿衣服？我嗎？」
「在看過有葉同學穿上西裝的模樣後，我悟出了一個道理——我對於男士服飾的認知還是太過淺薄了。唯有抱持著不厭其煩的精神試穿各種類型的男士服飾，才能進一步加深對於女士服飾的理解。而為了精益求精，我自然會需要一副能夠自由運用的男士身體。」
「我的身體什麼時候成了免費教材啊？」
「真沒辦法，就允許你參與由我主持的試衣活動吧。畢竟瞭解異性給人的印象也是很重要的學問，加上你還能就近享受我打量的目光，這可說是一石三鳥呢。」
「應該說是一廂情願才對吧。」
驀地，我思量起她口中的「三鳥」是什麼意思。
我向衣緒花約定過，會一直注視著她。
那固然是為了驅除她身上的惡魔——但就另一層意義上來說，也是能讓衣緒花和惡魔達成雙贏的辦法。

但對我來說呢？

即便趕跑了惡魔，我依然是圍繞著名為衣緒花的星星打轉。

她所產生的重力，如今儼然已成了我生活的中心。每每打開手機，為的幾乎都是聯繫衣緒花。而在不知不覺間，我的行事曆就變成了和她共享的狀態。只要不是工作期間，無論她去了什麼地方，我都得隨傳隨到。

要說這算不算好事，我也沒有一個定見。不過這樣的日子，讓我的內心產生了某種難以言喻的情緒。

那既像是歸屬感，也像是安心感。宛如將物品歸還到原有的位置上頭。

我盡可能地不把這樣的情緒當作一回事。這也不能怪我，畢竟截至不久之前，我都一直把她視為在另一個世界熠熠生輝的明星，處於站在遠方眺望的立場。若是就這麼視為理所當然，總有種自我感覺良好——或者說是得寸進尺的感覺。

但衣緒花沒有理會我內心的糾葛，穩如泰山地持續自轉。

「我可是專業人士，照理來說，這種行程是可以和你收錢的喔。」

「被妳這麼一說，總覺得也挺有說服力的……」

「對吧？既然明白了，就用你的身體來支付代價吧。」

「妳是不是說得太難聽啦？」

說起來，面對這頭暴龍，我應該也沒有處處都為她設想的必要吧。就在我想到這裡的時候，這回輪到野狼探頭說道：

「蘿茲知道喔，這就是所謂的高利貸對吧？」

她大剌剌地坐到課桌上，極為修長的雙腿和身高便格外顯眼。帶有透明感的長髮輕輕晃動，藍色的雙眼則是孩子氣地閃閃發亮。

「妳說誰是高利貸呀？」

「好可怕——感覺衣緒花會追到地獄討債呢。」

「是拿了我東西沒還的人不好。」

「果然很可怕！」

蘿茲以誇張的肢體動作捧腹大笑。

身為當事人之一，我很清楚這兩個人的交情原本險惡到幾乎要揮拳相向，所以這般互動看起來只是小打小鬧罷了。實際上，在那起事件過後，衣緒花和蘿茲似乎就變得往來頻繁的樣子。由於她們是同一間經紀公司的前輩和後輩，這樣的關係才算得上正常吧。蘿茲最近甚至會像現在這樣，特地從國中部的大樓跑來我們班上玩耍。

「我順便問一下，蘿茲，妳是從什麼時候開始待在這裡的？」

「從男友和衣緒花說要去約會的時候。」

「沒有這一段啦！」

我不禁發出了慘叫。

「蘿茲也要去！」

「妳在胡說什麼啊！我哪可能讓蘿茲加入呀！」

「咦——？可是妳剛才不是說了什麼『一石三鳥』嗎？那不是讓三個人都能開開心心的意思嗎？蘿茲可是很懂的喔！」

「妳沒被包含在內啦！」

「蘿茲也想學習男士服飾相關的知識嘛！衣緒花沒有壟斷的權利！」

「是我先找到他的！這是藍海市場喔！」

「但他不是妳的男友吧？」

「不、不是這個問題啦……」

「不就是條還沒上鉤的魚嘛。啊，應該是螃蟹才對？是漁人的搏鬥（註：於探索頻道播映過的實境捕魚節目）嗎？」

被擅自當成可開拓的資源也會讓我很傷腦筋的。就在我打算出言抗議之際——

「不、不好意思……」

聽到細若蚊鳴的說話聲，讓我們同時將目光投射過去。

只見揹著吉他的同班同學，正一臉尷尬地晃著身子。

她染過的頭髮依舊鮮豔華麗，從底下露出的耳朵別著好幾個耳飾，正閃閃發光著。

「三雨，妳是從什麼時候待在那裡的……」

「呃……你們談論男士服飾話題的時候？」

「為什麼連三雨也是從頭聽到尾啊……」

「抱歉，因為你們聊得很起勁，咱有點插不上話。那個……不好意思，這是咱的座位……」

看到三雨戰戰兢兢地伸出手指，衣緒花登時臉色一變。沒錯，衣緒花旁若無人地蹺腳而坐的座位，就是三雨的位子。

「真對不起，我這就離開。喏，蘿茲，妳也快點下來！」

衣緒花連忙起身，用力拍了拍坐在課桌上的蘿茲背部，蘿茲卻是不為所動。

「咦——」

「不許頂嘴！」

衣緒花像個訓斥賴床孩子的媽媽似的，對著蘿茲叨念道。

不過三雨莫名地露出了感到過意不去的神情，將手抬到面前揮了揮。

「不不，沒關係啦，妳們放鬆就好。總覺得有點不好意思，畢竟咱馬上就得去社團了呢。」

「喏，衣緒花，三雨也說沒關係呢。」

「妳在學好穿衣服的概念之前，還是先把客套和體貼的概念學起來吧。」

「咦——」

「就說不許頂嘴了！」

「抱歉，小衣緒花，但咱真的不在意啦。」

三雨露出了打從內心感到困惑的神情。她在來回看了看衣緒花和蘿茲的臉孔後，有些客氣地指向桌子。

「呃——不過妳可以幫我拿一下抽屜裡的撥片嗎？收在一個小小的罐子裡面。」

衣緒花依言將手伸進抽屜，取出一個銀色的小罐子。

「呃，是這個嗎？」

「嗯。謝謝妳。」

三雨接過罐子後，收進了連帽外套的口袋。

「妳是要為了文化祭做練習嗎？」

「啊——嗯。那個……畢竟輕音樂社會辦演唱會……所以咱要和學長們一起晨練呢。」

三雨有些支支吾吾地說著，看似吃力地晃了晃肩上的吉他。

逆卷高中文化祭的作風有些古怪，也因此頗具盛名。

本校雖然是一所口碑不錯的升學高中，但校風從好的方面講是尊重學生的自主性，說難聽點就是放牛吃草。文化祭也不例外。

我們不需要以班級為單位申報攤位，甚至沒有參加的義務。若是有想自願申報的活動，只需以個人名義提案即可。而執行委員（同樣是自願擔任）則是會為這些活動分撥預算。只讓想辦活動的人放手去做——要說合理，確實也是合理的方針。

到頭來，就變成極少數積極主動的學生們獲得了優渥的預算，將自己的喜好發揮到淋漓盡致，最終端出異常精美的成果——而這也成了敝校的傳統。明明整體水準高得莫名其妙，也被當地人視為值得一逛的大型活動，校內的學生們卻是一盤散沙，所以整體氣氛極為奇特。

簡單來說——

這所高中的文化祭呈現兩極化的現象。

少部分的學生會舉辦活動，大部分的學生都是觀眾。

至於我屬於哪一方，自然是不言而喻了。

但也因此，對於三雨要參加文化祭一事，我其實感到有點意外。

她喜歡搖滾樂，參加了輕音樂社，而且打扮得相當顯眼。

然而，她本人卻是不喜歡拋頭露面的個性，可以說和外表恰成對比。

「那是什麼！聽起來好厲害！妳要辦演唱會嗎！」

但蘿茲並沒有萌生這類疑問，一聽到演唱會就露出了炯炯有神的反應。

「呃，沒有啦。雖然是要辦演唱會沒錯，但沒什麼了不起的……和小蘿茲或是小衣緒花相比，真的只是在辦家家酒的等級而已……」

「蘿茲還滿喜歡搖滾樂的喔！我會去聽的！」

「不不——就算不用特地捧場也沒關係啦。咱們只是想締造一些回憶，不是什麼厲害的活動啦。」

「真不錯，我也想去聽聽呢。」

在聽見衣緒花雀躍語氣的瞬間，我看到三雨的眉頭抽動了一下。

我其實也知道，自己對於人際關係的互動變化是很遲鈍的。但儘管如此，我還是多少察覺到三雨和衣緒花之間橫亙著一股古怪的氛圍。衣緒花雖然總是用自然而然的態度與三雨互動，但只要衣緒花在場，三雨就會表現得有些緊張。

那讓人聯想到當暴龍昂首闊步之際，在其腳邊的洞穴裡瑟瑟發抖的小型哺乳動物。說起來，現在已經不是白堊紀了，衣緒花應該也不想讓三雨感到不自在，但我還是能感受到瀰漫在兩人之間的某種氛圍。

「閒話就先說到這裡，我們差不多該離開了。」

「呿，好啦——三雨，我很期待演唱會喔！」

衣緒花遠比我更加敏銳，還有著經常觀察周遭的習慣。我可以清楚地感受到，衣緒花正對三雨釋出著善意。不過不懂得察言觀色的蘿茲顯然是一副狀況外的模樣。

「哈哈……請別抱持太多的期待喔……」

「那麼，有葉同學，我們放學後見。」

「嗯，晚點見。」

我目送了翩然離去的暴龍和野狼跟班，回頭看向三雨。

她露出了難以言喻的複雜神情，凝視著兩人的背影。

「嗨嗨，三雨在嗎？」

就在我不曉得該不該搭話的時候，一名男學生搶在我之前開了口。

讓人留下深刻印象的是，他留著遮住單邊眼睛的厚重瀏海，以及看起來同樣沉重的下垂眼角。雖然外觀給人的感覺略顯陰沉，他的語氣卻是輕快而瀟灑。他有著纖瘦修長的身材，顯露而出的虎牙相當顯眼。

該怎麼說，他給人的印象就像是一頭鯊魚呢。

「啊，阿海。抱歉抱歉，咱把撥片盒忘在教室啦。」

「別叫我阿海啦。看來在我畢業之前，妳是不會喊我一聲學長了。」

男子誇張地聳了聳肩，半開玩笑地嘆了口氣。就兩人的互動來看，他似乎是輕音樂社的學長。既然特地跑來找三雨，就代表他是樂團的成員之一吧。

他揹著一把收在黑色盒子裡的吉他，仔細一瞧，那把吉他似乎比三雨的更大一點，大概是所謂的貝斯吧。和身材嬌小的三雨相比，總覺得貝斯的大小與這位學長相當契合。

「搖滾樂哪有學長學弟的分別呀？而且如果叫你海學長，聽起來就像是海鮮蓋飯似的。」

「我比較喜歡這個渾號呢，因為我愛吃鮭魚卵。」

「咱又沒問你愛吃什麼。」

「不過啊，我真希望爸媽在幫我取『河口海』這個名字之前能多想幾下呢。說起來，這不就只是個地形名稱嗎？」

「比雨好多了吧？至少聽起來不會濕濕的。」

「是嗎？啊，說起來，我剛剛和小衣緒花擦身而過呢。她果然很可愛耶，而且還有好香的味道。」

「咦……阿海，你好噁喔。」

「少囉唆，喜歡可愛的東西沒什麼不對吧？」

「……話是這樣說沒錯啦。」

「好啦，妳差不多該去練習了，畢竟距離文化祭已經沒有剩下多少時間啦。那就這樣啦，打擾了——」

「有葉，晚點見喔！」

「嗯，練習要加油喔。」

我說了句陳腔濫調的打氣之詞，就這麼目送著她離去。雖然有些在意她的態度，但說起來，我也沒有要打破沙鍋問到底的意思。

衣緒花、蘿茲、三雨、海鮮——阿海學長，各式各樣的人們宛如旋風般現身，又以風捲殘雲之勢離去。

在回歸寂靜後，獨留在座位上的我驀地輕嘆了一口氣。

前所未有的大量資訊讓我略感疲憊。我將身子仰靠在椅背上，仰望著教室的天花板。

然後，我忽然想到——

如果以前的日子就此一去不復返。
這樣舒適的嶄新日常，是否也有一天會遭逢巨變？
宛如恐龍滅亡之後，來到了哺乳類稱霸的時代那般。
這時，手機「嗡」地傳來了通知，我看了一下螢幕，只見上頭顯示著衣緒花傳來的訊息。
〈別忘記我們今天放學後有約喔。〉
算了，我還是先去思考擺在眼前的問題吧。
在我閉上眼睛後，班會時間的鐘聲便宛如晚鐘似的噹噹作響。

「嗨嗨，歡迎你們遠道而來。進來吧進來吧。」

這麼說著而開門迎接我們的，是一如往常的佐伊姊。

要說唯一不同的地方，就是她現在沒有穿著白袍吧。她上身穿著T恤，下身穿著一條牛仔褲，作著休閒的打扮。豐滿的胸部撐起了上衣，導致肚臍露出來，腰際似乎是有點緊，讓她解開了牛仔褲的釦子。我不曉得該把眼睛往哪裡擺，所以希望她應門時能穿得更正式一點。但這人邋遢頹廢的作派早已行之有年，我就算出言糾正，也只是對牛彈琴罷了。

她在幾天前曾說過，希望我們能去她家一趟。

當然，她有事前說明意圖。

是為了商量和惡魔有關的事。

雖然沒透露太多內容，但她的意思是想冷靜地好好談談——找個掩人耳目的地方商量，於是我和衣緒花便在放學後，來到了佐伊姊居住的獨棟住宅按了電鈴。

當然，我來過這裡很多次了。

但以我個人來說，我並不是很想來這裡報到。就各種意義而言，這是一處與日常相去甚遠的家園……說得更精確一點，就是我一點也不想在這裡度過日常的生活吧。

「打擾了……哇！」

而衣緒花很快便遭受到洗禮。她一看到家裡的光景就驚呼出聲，隨即像是發現自己很沒禮貌似的，用雙手掩住了嘴角。

不過這樣的反應也是理所當然的。

在這間住宅裡，是真真切切地——雜亂到沒有絲毫立足的空間。

不知用途為何、只知道看似古董的物品們全都胡亂地塞進紙箱堆疊起來，占據了所有的空間。而且到處都能看到原本堆積如山、如今卻崩塌四散的書本和卷宗。

「佐伊老師，您真的住在這裡嗎？」

聽到衣緒花忍不住發出的疑問，佐伊姊以一副理直氣壯的口氣回答：

「那還用說？只要有張能躺人的沙發，就能當成一處住所了喔。」

「確、確實是這樣呢！」

以衣緒花住處的狀況來說，她實在是沒什麼附和的立場。真是的，這位老師還真是十足的負面教材。

「研究這檔事可是比你們想像得還要麻煩許多呢。哦，那個是梵蒂岡寄來的護身符，可別踢到了。」

在不管怎麼落腳感覺都會撞到東西的走廊上走了幾步後，佐伊姊便在沙發上坐下來。除了沙發之外的空間，幾乎全都被雜物給埋沒殆盡。這裡就像是博物館的後台一樣。在多不勝數的老舊物品之中，就只有並排在矮桌上充電的遊戲機勉強散發著幾分現代的氛圍。

我和衣緒花好不容易找了個能立足的空位，緊貼著彼此的身子默默站好。

「好啦，雖然有點晚了，還是要慰勞一下你這次的驅魔行動啊。哎呀——還好一切都很順利呢。」

說著，佐伊姊窸窸窣窣地從身旁的箱子裡掏出了一個紅色的袋子。她撕開畫有滑稽黃色小熊的包裝，將小巧的小熊軟糖扔進嘴裡。

「這不像是拋下責任逃往海外的人會講的話啊。」

「哎，別說得這麼難聽啦。這次出土的是和召喚惡魔有關的文獻，我收到相關消息，得知在英國阿尼克城堡的地下室挖出了查爾斯．雷恩福特的祕密書庫呢。那是尼古拉．弗拉梅爾的抄本之一，記載著迄今未有的召喚惡魔之法，也查出相關內容會有必要重新探討克勞利式召喚魔術的核心部分——」

「學術相關的部分請晚點再說，麻煩妳從結論開始說起。」

「真是的，你也太心急了吧。要當臨床醫師是還行，但這就不適合去當研究員了。」

「我明明一點也不想當，卻被否定了相關的職能天賦啊。」

「咦，你不想當嗎？不是有我這個榜樣嗎？」

「我才不想要這種榜樣呢。妳不是天天吃零食打電動嗎？」

「是喔……明明很帥氣耶。小弟，你真沒眼光。」

佐伊姊看似不滿地嘆了口氣，用雙手的指尖拉長了透明的小熊軟糖。在指尖的施力下，小熊隨之扭曲變形。就在我擔心會不會把脖子扯斷的時候，佐伊姊先一步吃掉了軟糖。

「算啦，姑且不論這點。衣緒花同學，妳在那之後還有噴過火嗎？」

「不，一次也沒有。」

「蜥蜴呢？」

「我都沒看到喔。」

代替衣緒花這麼回答後，我對佐伊姊的質問感到困惑。

「是說佐伊姊，惡魔……應該已經被驅除了吧？」

然而，佐伊姊又將一顆小熊軟糖扔入嘴裡後，露出的卻是一抹邪笑。

「那既可以說是已經驅除，也可以說不是。」

「……什麼意思？」

「惡魔依然存在於衣緒花同學的體內喔。」

這句話聽起來極為不祥。

「怎麼會！但我們確實已經……」

「好啦好啦，你先冷靜聽我說。惡魔是意圖實現慾望時才會產生的現象。就像電流會朝著導體流動那般，惡魔也會向著充斥慾望的個體移動。亞米確實一度離開了衣緒花同學的身子。」

「亞米……是惡魔的名字對吧？」

「沒錯。現今的主流觀點，是以『戈蒂亞』和『萬魔殿』為基底，將惡魔視為概念而非人格的新式所羅門主義。在聚焦於惡魔想實現慾望的本能後，最終得以分類出七十二種類別。」

記得以前也談過這樣的內容。七十二惡魔——我想起從圖書館借來的書本上，都繪有張牙舞爪的恐怖插畫。那些怪物的長相，我就算想忘也忘不掉。

「不過我記得祂們都被加上了公爵或是伯爵一類的封號，像是在寫人類的傳記似的……」

「你這不是做過功課了嗎？真不愧是我的徒弟，有個好老師領路就是不一樣。」

「妳是真的有好好教過，所以我也只能點頭稱是了。」

「該怎麼舉例才好呢……就像以前的人們都認為閃電是從天空落下，隨著知識進步，才明白是源自電位差的放電現象吧。以前認為的神明，其實只是單純的自然現象——這樣的例子還挺多的吧？」

我雖然聽得似懂非懂，但姑且點了點頭。

「總而言之，亞米在離開衣緒花同學的體內後，曾一度想進入有葉小弟的身體之中。」

「因為祂實現了我的願望，我才保住一命——是這樣對吧？」

「我原本是這麼認為的，但這樣解釋起來會有點古怪……關於你和惡魔之間所發生的事，目前還在進行詳細的調查。」

我憶起當時的狀況。

當時的我，滿腦子都是要救助衣緒花的念頭。在這般心思驅使下，我的身體自然而然地動了起來。所以說老實話，我在那時候其實沒留下多少記憶。我所許的願望，說不定就是極其單純的「不想死」而已吧。

「總之呢，一般來說，惡魔就算直接從衣緒花同學轉移到你身上也不足為奇。然而，最後卻沒有走到這一步。雖然還不明白原因為何……但到頭來，惡魔又再次回到了衣緒花同學身上。」

「請等一下。但在那天之後，我一次也沒有著火過呀！」

一直默默聆聽的衣緒花，以尖銳的口吻反駁道。

「理由很簡單啊。因為妳的願望正持續地實現著。」

衣緒花臉龐一紅，垂下了頸項。在昏暗的房間裡，嵌有石頭的髮飾正反射著自窗簾縫隙射入的陽光。

她之所以會冒出火焰，是因為懷有心願。

而心願的內容則是**想被人注視**。

我和她做了約定，會一直注視著她。

儘管如此，我其實也不太明白該怎麼好好遵守這項約定。但就她至今都未曾著火的現狀來看，我應該做得還算不錯吧？大概啦。

「只不過若是置之不理，或許哪天又會因為一些契機再次發作。也就是惡魔附身的二度發作呢。」

「那該怎麼做才能避免？」

「嗯，這就是我把你們找來的理由。」

佐伊妹將還沒吃完的小熊軟糖整包收進口袋，利用沙發靠枕的反彈力道站起身子。

「衣緒花同學，妳有把我交代的東西帶來嗎？」

「呃，有的。就是這個……」

衣緒花伸手觸碰了我送給她的髮飾。

把它摘下遞了出去。

「唔——是髮夾啊。雖然大小還挺合適的，但似乎不太容易和亞米產生連結呢？如果是打火機、蠟燭或是能起火的工具，會更好一些——」

「這、這個是！那個……我弄丟了原本的髮夾……是有葉同學他……花了很多時間尋找之後……送我當禮物的……」

「哦——哈哈——這樣啊——」

佐伊妹看著衣緒花面紅耳赤地反駁的模樣，露出了不懷好意的笑容朝我看來。我則是露出不悅的表情加以還擊。

「有什麼事？」

「沒什麼，我只是豁然開朗罷了。若是這麼回事的話，以概念的部分來說倒也不成問題。不如說，妳甚至可以把它看成反映心願的物品。那就開始執行儀式吧。」

聽到不祥的詞彙，我和衣緒花登時面面相覷。

「您說儀式……是要做什麼事呢？」

「沒必要緊張，重要的是妳的態度。妳已經做好覺悟了，不是嗎？」

「這……不太好說呢。」

「如果我的講法沒能打動妳，要換個方式說也行。妳──『已經給出了妳的心』。」

老實說，我實在是聽不太懂佐伊姊在說什麼。

不過衣緒花似乎若有所悟似的，突然皺起眉頭。

「……佐伊老師，您該不會其實很壞心吧？」

「沒有喔，我只是古道熱腸，親切到有點雞婆的程度罷了……好啦，妳先把髮夾握住。」

在佐伊姊的催促下，衣緒花將髮夾平放在手掌心上，然後用力地握住。佐伊姊則像是要包覆她的拳頭似的，以輕柔的動作按著衣緒花的手，直視著她的雙眼。

「我會問妳幾個問題，妳要老實回答。要是說謊──應該說，如果講出來的並非真心話，就很有可能噴出熊熊烈火喔。妳沒問題嗎？」

「我不確定，不過……」

我凝視著對看著彼此的兩人。

接下來究竟會發生什麼事？

「那我要問了。妳的願望為何？」

「我希望能被人注視。」

「這份願望實現了嗎？」

「是的，已經實現了。」

在我聽來，這只是單純的你問我答，實在很難和儀式兩字聯想在一起。

那只是單純地在確認著衣緒花的意志。

「若有一天，這樣的願望再次無法實現的時候呢？」

「若是如此——屆時，我會以自己的力量去實現它……嗚！」

衣緒花驀地皺起眉頭。我看得出她用力握緊了全頭。

我看著這一幕，直覺一閃而過。

惡魔現身了。

她的手掌迸出了熱度。

「佐伊姊！這沒問題嗎？」

「放心，你們倆都冷靜點。我要繼續問了。」

真的不會有事嗎？還是說佐伊姊只是在安慰我？我並沒有分辨這兩者的能力。

因此，我只能默默地注視著兩人。

佐伊姊對衣緒花開口道：

「妳真的打算憑藉自己的力量實現願望？」

「我是認真的。」

衣緒花手部周遭的空氣似乎變得扭曲了起來。如果那是熱浪，就代表惡魔再度開始活動了。

儘管如此，佐伊姊仍舊繼續問話：

「對妳來說，那個髮夾是什麼？」

「這是——」

衣緒花一時無語。

但就像是踉蹌後立即站直身子似的，她再次筆直地揚起視線。

「這是一道標記。」

而她開口說出的，是平靜且毅然決然的宣言：

「它能讓我找到方向、也能讓別人看得見我。但關鍵終究在於——我必須成為配得上這種待遇的人才行。所以……我想實現願望的話，就非得親力親為不可。」

佐伊姊看似滿意地聽完衣緒花的話語後，鬆開了她的拳頭。

「那麼，妳就把手攤開吧。」

看到她緩緩地張開掌心，我忍不住探頭窺伺。

位於她手心的，依舊是剛才的髮夾。

「……看起來沒什麼變啊？」

「請等一下。」

衣緒花將臉湊了上去仔細觀察。

髮夾之中多了一條蜥蜴。

蜥蜴原本就只有能夠一手握住的大小，如今變得更為袖珍。黑色的影子映在石頭之中，簡直像是——

「……石頭裡……有一條蜥蜴！」

「哦，現在連衣緒花同學都看得見了呢。那這下就成功了。」

佐伊姊像是完成了一樁大事似的喘了口氣，再次坐回沙發上。她從袋子裡取出綠色的小熊軟糖，讓光線照著小熊。隨著佐伊姊的指尖施力，透明的小熊也隨之扭曲變形。

「這是……封印住了嗎？」

「嗯——哎，差不多就是這種感覺吧。若是將惡魔這種現象和人類能加以利用的型態——也就是道具產生概念上的連結，就能暫時將之隔離。可別弄丟或是扔掉喔。」

「我、我才不會弄丟呢！絕對不會！」

「妳剛才說要進行儀式，我還以為會唸誦咒文一類的玩意兒呢。」

我在放心之餘，就這麼將心裡話脫口而出。

「理解是很重要的。我若是說出你們不懂的語言，你們也無法理解吧？」

「是這樣嗎？」

「就這玩意兒來說，確實是這樣沒錯呢。」

佐伊姊接連將幾隻小熊扔入口中，在咀嚼的同時回答道：
「無論如何，這下子就算是大功告成了。」
「請問，這真的已經萬無一失了嗎？」
「在這個世界，並不存在所謂的**萬無一失**喔，只是比現在安全一些罷了。無論何時，妳都只能將之化為助力，並繼續向前邁進呢。」
佐伊姊這回用拇指頂著黃色的小熊，像是在拋硬幣似的向上一扔。小熊劃出了尖銳的拋物線，一聲不響地消失在她的嘴裡。
我和衣緒花再次面面相覷。這種模稜兩可的說法似乎有幾分說服力，卻又有種敷衍了事的感覺。但既然佐伊姊講得如此篤定，我也無話可說了。
「那我們就此告辭。走吧，衣緒花。」
「好、好的。」
「哦，先等一下。」
佐伊姊對著我倆的背影呼喚道。
「怎、怎麼了？」
「你們是不是有些該說的話沒說？」
「啊……呃，佐伊老師，謝謝您出手相助。」
衣緒花耿直而禮貌地低頭致謝。

「是吧是吧？會想回報這份恩情對吧？」

佐伊姊看著衣緒花抬起的臉龐，露出不懷好意的笑容。

「衣緒花，我們回家吧。我滿腦子都是不好的預感。」

「可是……」

「其實啊，我有事想拜託你們！」

「我就說吧。」

我的預感正中紅心。每當佐伊姊露出這種表情時，便絕對不能輕忽大意。

「哎呀哎呀，感謝妳答應得這麼爽快。要麻煩你們的事情很簡單——我希望你們今後依然能以驅魔師的身分，在逆卷高中裡驅除惡魔。」

「我可沒有答應。而且這怎麼想都很折騰人啊。」

「哎喲，先聽我解釋啦。惡魔會受到青春的願望吸引，在這所學校裡，抱持煩惱的人們想必比比皆是吧。就算哪天有哪名學生被惡魔附身，也不是什麼奇怪的狀況。衣緒花同學就是個很好的例子呢。」

「邏輯上是說得通啦……」

「有葉小弟，你驅除過衣緒花同學身上的惡魔，已經是個有做出成績的驅魔師了。為了讓正義得以實現，你就去指引那些迷途羔羊吧。」

「妳有什麼資格把正義掛在嘴邊啊？我才不要。」

我之所以能夠驅除衣緒花的惡魔，完全是出於純粹的偶然。那只是因為佐伊姊剛好不在——況且我也不能放著衣緒花不管罷了。我並不是基於正義感才挺身而出的。若是相同的情況再次上演，我肯定沒辦法做得一樣好。

「我就知道你會這麼說。不過……我如果說這和夜見子有關連呢？」

聽到她報出意料之外的人名，讓我有種挨了一記痛擊的感覺。

「妳……剛才說……」

「你驅除惡魔的行動，和夜見子息息相關喔。」

看到我的反應，衣緒花出言搭話道：

「請等一下，這是怎麼回事？」

佐伊姊像是在徵求我同意似的看著我的眼睛，我則是緩緩點頭。

我原本就不打算隱瞞，只是一直沒有開口罷了。

我遲早得坦白這一切，那就擇日不如撞日吧。

「有葉小弟的姊姊名為在原夜見子。她——**在三年前失蹤了**。」

「怎、怎麼會……」

沒錯。

姊姊在三年前消失了。

〈我有非做不可的事。〉

她最後只留下了這句話。

我不曉得她那句話究竟是什麼意思，也遍尋不著任何端倪。我雖然多次憶起當時的光景，但最後只記得姊姊溫柔的笑容。

她原本就不是多話的個性，我卻從未想過姊姊會消失得如此突然。

在百般無奈之餘，我只能認清自己被獨自拋下的事實。

「……我一直沒和你提過我研究的課題對吧？我現在在做的，是接收夜見子殘留的資料，並以完成她的研究為目標。」

「姊姊的研究？」

我還是頭一次聽到這個消息。我知道姊姊一直在做和惡魔有關的研究，卻想不到參加同一個研究室的佐伊姊，居然會繼承她的研究內容。

「遺憾的是，夜見子事前並沒有將研究資料交接給我。我只是擅自收集那些蛛絲馬跡，試著理出夜見子當初試圖研究的內容罷了。」

「為什麼！姊姊為什麼會失蹤！她人在哪裡？」

「目前還在假說的階段，我不能妄自斷言。不好意思，你就讓我慎重其事吧。不過距離答案只有一步之遙了。為此，我需要多收集一些案例——這就是我委託的理由。」

「妳說案例……」

「沒錯，正是**惡魔**的案例。」

「您的意思是，驅除惡魔的行動，有利於找出有葉同學的姊姊嗎？」

一臉嚴肅地聆聽始末的衣緒花這麼問道。

「是啊。畢竟對我來說，夜見子是我的摯友啊。在我的世界裡，夜見子總是位居中心點，不對，就連現在也是如此──」

佐伊姊這麼說著，將目光投向窗外。

我沒錯過佐伊姊眼裡稍縱即逝的複雜情緒。不過她的眼瞳不僅反射了陽光，甚至彈開我的視線，讓我沒辦法一窺究竟。

儘管如此……

佐伊姊說她想找回姊姊──這應該是真心話吧。

「我大概明白了，但驅魔這種事讓佐伊姊親自出馬不就得了？」

「我說過了吧？惡魔會在許下青春的願望時現身。學生在踏入保健室找我商量時，就算是心靈很健康的那一類人了。讓身為學生的你們實地巡邏，對我來說更有效率呢。」

「……老實說，我實在提不起勁。但既然和姊姊有關……」

「怕什麼？你都是個做出成績的驅魔師了，沒什麼好擔心的。」

就在我打算開口回絕的瞬間，佐伊姊的手倏地一動。

紅色的拋物線映入我的視野，喉嚨隨即感受到一股古怪的感覺。我雖然反射性地咳了幾下，但在掙扎的同時，我也察覺有個小小的塊狀物體落入喉嚨的深處。

我花了幾秒鐘，才明白自己吞下了一顆小熊軟糖。

「耶——三分球！」

「咳咳！妳、妳做什麼啦！」

「沒啦，看到你嘴巴張開，我就忍不住這麼幹了。」

「什麼叫忍不住啊！這不只零分還犯規了！」

「別氣別氣，總之就是這麼回事。萬事拜託啦，驅魔師小弟。」

說著，佐伊姊揮了揮手，隨即深坐在沙發上，拿起了遊戲機。

遊戲機發出了與場面格格不入的輕快音樂，並傳來按下按鈕的喀喀聲。

這是佐伊姊已經把話講完的信號。

事已至此，不管再說些什麼都是徒勞無功的。

「真受不了妳！衣緒花，我們走吧。」

「咦？好、好的。」

我重重地嘆了口氣，和一臉困惑的衣緒花一起離開佐伊姊的家。

還沒嚐到滋味就吞入腹中的小熊軟糖，像是仍隱約哽在喉嚨某處似的，給我一種古怪的感覺。

■

在離開佐伊姊的住處後，天色已經暗下來了。到了這個季節，日落的時間也會逐漸提前。冰冷的空氣猝不及防地撫過肌膚，令人為之發顫。

我倆走在在藍白色——不對，應該說接近綠色的路燈燈光底下。

過了不久，一直沉默不語的衣緒花突然停下腳步。

我轉頭看去，只見她垂著臉龐開口說道：

「有葉同學，我已經思考過了。」

「是指什麼事？」

「我也要當驅魔師。」

「……啥？」

「我的意思是，我要和你一起加入驅魔的行列。」

抬起臉龐的她，筆直地朝我看了過來。

「不，我怎麼能讓妳涉入其中啊？」

「為什麼呀！我已經有了克服惡魔症狀的經驗，你會需要我的力量吧？」

「因為這很危險啊！」

「就這點來說，有葉同學也是一樣的。難道說，你已經忘記我曾經變成什麼模樣了嗎？」

我當然不可能忘記，所以才會出言拒絕。

衣緒花將走秀會場化為一片火海，化為惡魔——有著蜥蜴外表的身影。
我姑且驅除了她身上的威脅，拯救了她的危機。但也因為深知有多危險，若是同樣的狀況再次發生，我就不會義無反顧地衝入現場了。
「這和姊姊有關，所以是我的問題。我不能把衣緒花捲進這樣的風波之中。」
「這是強詞奪理！」
「況且衣緒花還有很多要忙的事吧？」
「我也……嗚……！」
那發生得極為唐突。
理應說出口的話語，卻在嘴邊消散殆盡。
她險些就要摔倒在柏油路上。
我下意識地伸出手，抓住她的手臂，像是在拽提著她的身子似的，好不容易才讓衣緒花起身。
「衣緒花！妳沒事吧？」
「……不好意思，我的身體最近偶爾會有些失衡……」
難道又是惡魔在作祟嗎？剛才不是已經把蜥蜴封印起來了嗎？
我慌慌張張地伸出手，抵著衣緒花在我眼前晃動的脖子。在確認她並沒有發燒的同時，衣緒花也發出了一聲輕呼。

「嗯……」

「啊，抱、抱歉。」

我暗叫不妙，立即抽回了手。突然被人觸碰頸項，想必會感到不快吧。

「沒事的……不過我應該沒有發燙吧？」

「這……看起來是沒有。」

在確認過她沒有放在心上，以及似乎不是惡魔作祟的緣故後，我這才大大地鬆了口氣。而衣緒花也逐漸恢復體力，已經能用自己的雙腿站好了。只不過她虛浮的腳步依舊讓我有些不安。

「妳最近很忙吧？有好好睡覺嗎？」

「你怎麼會問我這個問題？自我控管也是工作的其中一環喔。」

「自我控管，是吧……？」

「我、我最近有把家裡打掃得很乾淨了啦！」

衣緒花聽出了我的弦外之音，慌慌張張地辯解道。我不太相信她能把家裡打掃得很乾淨，但還是真切地希望她有按時倒垃圾。

「有好好吃飯嗎？」

「這、這方面……呃，就和之前沒什麼兩樣……」

我在這麼開口的同時，發現自己的口吻很像清水先生。她總是極端地以購自超商的沙拉和雞肉為食，考慮到方便性和維持身材所需的營養，這也是無可厚非的選擇，但看到她步履蹣跚的樣子，還是希望她偶爾能吃些正經的食物。

「我找一天去妳家煮點東西吧。要是妳累垮就得不償失了。」

我正要補上一句「反正我平常也沒事」，卻看到衣緒花露出愕然的神情，反倒讓我嚇了一跳。

「咦？我講了什麼奇怪的話嗎……？」

「你說要來我家煮飯是真的嗎？是說，原來有葉同學會下廚啊？」

「哦，原來妳是指這個啊。」

我這才明白衣緒花感到吃驚的理由。也是啦，我大概長得不是一副會煮菜的臉。

「我的家人以前很愛吃我煮的菜，所以不知不覺便養成了下廚的習慣。雖說現在已經沒有煮飯的必要，但算是習以為常吧。」

「是……這樣呀。」

衣緒花應該聽出了「家人」指的是我的姊姊吧。她抿緊薄薄的雙唇，我則試圖揮散這尷尬的氣氛，換了個開朗的話題。

「妳有什麼想吃的嗎？我雖然做不出多精緻的菜色，但如果有什麼要求，姑且還是能試試。」

「那個……呃……唐……？」

「唐？」

「唐揚雞塊……」

「唐揚雞塊？」

出乎預期的詞彙讓我不禁反問了一句。

「還、還是不要好了！那個……我有聽過傳聞，炸東西好像是很麻煩的料理手法！」

衣緒花大力揮著雙臂向後退開，這下子反而是我感到錯愕了。

「居然到了形成傳聞的地步嗎……呃……是說，我只是在擔心熱量的問題罷了。」

「我、我會多跑一些甩掉的！」

「想靠跑步抵銷唐揚雞塊的熱量可不容易，別太逞強了。不過……偶爾吃點唐揚雞塊應該也沒關係啦。」

我正要進一步表示「偶爾炸東西的話也不會很麻煩」的時候，卻看到衣緒花露出嚴肅的神情，不禁嚇了一跳。

「……妳怎麼突然不講話了？」

「有葉同學，那個……你有什麼想要我做的事嗎？」

聽到這個讓人摸不著頭緒的問題，我再次露出困惑的神色。

「咦？怎麼突然說起這個？」

「就是……字面上的意思。」

不知為何，衣緒花露出了像是在鑽牛角尖的表情。

我揣測著她發問的用意，同時思索起該如何回答這個問題。

「唔……」

想讓衣緒花對我做的事。

想讓她對我做的……

「欸，你是不是動起了歪腦筋？」

「在妳沒發問之前，我都沒動過那種念頭啊！」

「請別把責任推到我身上！」

老實說，聽到她的發言後，我的腦子裡確實是掀起了驚濤駭浪。但我一直以來都沒有那方面的想法，我發誓。都是衣緒花問了怪問題的錯。

不過若要問我是不是很想讓衣緒花實踐那些歪腦筋，其實倒也不然。

我讓發燙的臉頰冷卻下來，在稍事思考後，給出了這樣的答案：

「……我說真的，如果妳身體不適，就一定要好好休息。畢竟妳既然想在模特兒的事業裡大展身手，更該好好保養身體，不然就是本末倒置了。」

我雖然說出了真心話，衣緒花卻噘起嘴唇，看似感到不滿。

「……有葉同學，你真是個怪人。」

「咦？」

「你總是在擔心別人呢。有葉同學，你難道沒有想做的事嗎？」

「有、有啊……」

「哦？那就說來聽聽吧。」

「呃……我現在有點……沒心情說這個……」

「我可是在洗耳恭聽呢。休想逃避。」

眼見衣緒花表現得咄咄逼人，我只能嘆了口氣。我很清楚，一旦她展露這種態度，絕對不會善罷甘休。

我——其實沒有什麼想做的事。

或許那樣的念頭深藏於心底某處吧。但我只要試圖思考，整片腦海就會在不知不覺間布滿迷霧，讓我遍尋不著，無論是身處之處或是應該前進的方向，都會變得撲朔迷離。

這個世界過於複雜，讓我的未來紊亂如麻。

彷彿看不見星星的暴風雨之夜。

「……姊姊她在失蹤之前，只留下了這麼一句話：『我有非得去做的事。』」

我想起姊姊當時的臉孔。

想起她充斥著決心的雙眼。

「我既沒有非得去做的事，也沒有什麼想做的事。雖然沒辦法表達得很精確，但光是站在這裡，就已經耗盡了我的全力。」

我這麼說完，衣緒花便靜靜地垂下眼眸。她像是在忍受著刮擦金屬產生的噪音似的，深深地鎖緊眉頭。

我自己也明白，這樣的答案並不是衣緒花想聽到的。

下意識地搬出姊姊的話題，是相當卑鄙的手段。但若是被她繼續追問下去，我積蓄在心底的齷齪念頭說不定就會脫口而出了。

衣緒花問我有沒有想做的事。

對衣緒花來說，她有想做的事——不對，是有必須完成的目標，那也是她的人生目的。但我就沒有這種偉大的抱負了。所謂的驅魔師云云，說起來只是受人所託，並解決眼前所看到的困境罷了。若不是佐伊姊用上了強硬的手段託付，我是不可能再次投身於這種危險的行為之中的。

也因為如此，我總是在衣緒花的身旁周而復始地繞行。

我之所以願意為她打理大小事，並不是為了衣緒花，而是我的生活沒有軸心的關係。若不這麼做的話，總覺得自己就會飛到九霄雲外。

而我也察覺到，衣緒花其實體諒著我這樣的心態。

但每當有所察覺，我就會感到罪惡感油然而生。

因為我並不會想向她尋求任何方面的協助。

畢竟我既不曉得該往何處前行，也沒有訂下自己的終點。

我偶爾會閃過這樣的念頭——

像這樣待在衣緒花身旁，會不會其實不是一件好事？

我猜，衣緒花應該對我抱持著愧疚的心態。她看起來是個自信滿滿的高傲少女，其實卻有著一顆溫柔的心，所以會覺得自己是被我所救。雖說以實際情況來說，她是憑藉一己之力擺脫了惡魔，但責任感強烈的她終究還是會覺得我有恩於她，我也明白這一點。

我這樣豈不像是握著她的把柄，宛如跟屁蟲一樣待在她身邊？

只要待在衣緒花的附近，我就會覺得自己變得無所不能。是不是因為相處得過於舒適，才會讓我離不開她的身邊？

我想起之前曾被蘿茲偷拍的往事。即使駑鈍如我，也知道像我這樣的男學生一旦經常相陪，就很容易牽扯出這類風險。而在明白這點後，若還是打著照顧她的名號隨侍在側，便只是單純的偽善之舉了。

我沒有資格讓她體諒我姊姊——不對，是體諒我的心情。

「那個……有葉同學。對不起，我——」

在衣緒花小聲地開口的同時，我看到她的手動了一下。

這一瞬間，我反射性地將自己的手抽了回來。

「啊……」

而我這才發現，她緩緩收回的手，正用力地掐著自己的裙襬。

這個世界實在過於複雜，充斥著太多我看不見的事物。

而就算是看得見的東西，我也往往無法處理得宜。

「抱歉，這和衣緒花無關，我沒事。」

這句脫口而出的話語，帶著比我預期的更為尖銳的力道，在狠狠地撞上衣緒花後消失在黑夜之中。我不曉得這句話對她造成了多少傷害。

「……總之，妳找個時間好好休息吧。」

「好的，我會這麼做的。」

在她細若蚊鳴的回應溶於風中後，我們便無言地邁出步伐。

我隱約感覺到，寄宿在她髮夾裡的蜥蜴似乎正盯著我看。

而在將衣緒花送回家後，我便獨自踏上歸途。

我邊走邊仰望著滿天繁星。

我想自己不管前往何處，終究也只會是顆行星吧。我不是能自力綻放光芒的星星，而是在其周遭打轉的存在。就算為尋找軸心的過程感到困惑，我也會一次又一次地重蹈覆轍。

我——和衣緒花不同。

鞋尖踢到的小石頭靜靜地彈跳了幾下，沒入了排水口深處的黑暗之中。

第3章
安息日夢遊仙境

隔天，我一如往常地上學，只見衣緒花依舊占領了隔壁的位子。

她今天的狀況似乎出奇地好，此時的她正上下晃著蹺起的腳尖，眺望著自己的手指。

她的指甲總是保養得無懈可擊。指甲下半部的粉紅色反映出健康的血色，前端則是以白色添彩。每隻指甲都反射出鮮豔的光澤，簡直像是十顆美麗的寶石似的。她之所以不會畫上五光十色的美甲造型，想必是為了配合形形色色的服裝吧。

不過盯著她看了一會兒後，我突然發現一件事。

她一隻指甲的尖端缺了個角，或許是刮到硬物的關係？衣緒花總是將自己打理得十全十美，這小小的破綻讓我感到有些古怪。

「衣緒花，妳沒事吧？」

「我、我沒事！如你所見！」

她用拳頭敲了敲自己的上臂，表現得格外活潑，感覺和衣緒花平時的作風有點不同。平時挺直得像是插了根鐵棒一般的背脊，今天也稍微彎出了弧度。我原本擔心衣緒花是在強打精神，但她的氣色相當良好，昨天還顯現在臉上的疲勞陰影，如今似乎已經煙消霧散。

我正打算問她發生了什麼事，結果又察覺到一件事。

衣緒花的頭髮。

別在那上頭的——

並不是那個石頭髮夾。

附著在髮夾上頭的飾品，是與兩條橢圓形相連的圓形圖案，其輪廓的側邊還加上了兩顆小點。飾品的材質閃閃發亮，讓我分不出是玻璃還是塑膠。

我能看出來的，就只有髮夾呈現出兔子的造型。

「那個……」

「啊，你是在說髮夾嗎？」

「嗯。那和妳平常配戴的不太一樣耶……」

「是、是呀。我偶爾也會想轉換心情嘛。怎樣？好看嗎？」

看到她試圖含混帶過的笑容，讓我感到一陣混亂。

明明才剛把惡魔封印在石頭髮夾裡，為何要換上另一個髮夾？

不對，仔細想想，佐伊姊雖然吩咐過**不要弄丟或扔掉髮夾**，卻沒有說過要一**直配戴在身上**。

她大概是很怕不小心遺失吧？可是她昨天明明就是別在身上回家的啊？難道有其他的原因嗎？

就在思緒開始繞遠路之際，我忽然隱約有所察覺。我正下意識地逃避著更為合理的答案。

那既是封印著惡魔的髮夾，也是**我送給她**的禮物。

那方面不正是真正的原因嗎？

就是因為內心深處明白了這一點，我才會如此心神不寧吧？

我回想起昨天的事。

她明明付出溫柔和關懷，我卻讓她碰了個軟釘子。姊姊和衣緒花都有著我沒有的東西，這讓我感到焦躁不已。雖然那可能只是一點小事，但我知道自己是在遷怒。那樣的言行想必傷害了衣緒花——不對，是讓她失望了吧。

換句話說，若不是基於這樣的理由，她也不會害怕得收起被惡魔依附的髮夾了。

「我說，關於昨天的事啊——」

「昨天……你在說哪件事？」

「對不起。」

「呃……你為什麼道歉？」

「沒有啦，只是覺得自己講的方式不太對。我並沒有那個意思。」

「……啊。啊——你是在說那件事呀？好的好的，我明白了。是這麼一回事呢。哦，你不用放在心上，因為我一點也不在意呢。嗯。」

衣緒花這次則是眼神游移，嘴角一陣抽搐。

她果然有點不對勁。

該怎麼說？硬要找個說法形容的話……

就像只是在應和我說的話似的。

「妳誤會了，衣緒花，我——」

到底是哪裡誤會了？

我試著從苦澀的思緒之中理出一個解釋，卻被人給打斷。

「嗨。」

我回頭看去，只見阿海學長就站在不遠處。

看到他的身影，我連忙閉上嘴巴。

「哦，今天居然看得到小衣緒花啊，真走運～」

他晃著看似沉重的瀏海，喜孜孜地吊起嘴角。

雖然還不到讓人害怕的程度，但在面對這個人的時候，我總是會感受到一股獨特的壓力。除了他身材高挑之外，那誇張的肢體動作也是原因之一。他渾身散發出來的魅力，就像是在海洋裡悠游的捕食者。

沒錯，若是硬要分類的話，他是屬於和衣緒花同一類的人物。

而就不太在乎周遭氛圍的這點來說，他說不定和蘿茲相當相似。

「阿海學長，您有什麼事嗎？」

衣緒花展露出和善的態度問道。直至剛才的尷尬氣氛，此時已一掃而空，又或許是她刻意想轉換氣氛吧。

「哦，居然叫我阿海學長。想不到連小衣緒花都聽說過我的外號，真教人開心。」

阿海學長沒察覺到橫亙在我們之間的古怪氣氛，正開心地笑著。雖然外表給人吊兒郎當的印象，但他說不定是個老實人呢。

「哦，我不是來串門子的。我沒看到三雨，所以才跑來這裡找人。她今天請假嗎？」

「……經你這麼一說……」

我看向隔壁的座位，原本應該坐在位子上的三雨此時當然不在場。我和衣緒花面面相覷。

「這下糟糕了，她說不定是患了感冒，睡到忘了請假呢。」

衣緒花遮住嘴角，揚聲說道。

我雖然覺得她的反應有些誇張，卻也對三雨的狀況感到稀罕。和搶眼的打扮相反，三雨的個性意外地認真，每天幾乎都會在同一時間抵達學校。而她雖然散發著不太健康的氛圍，但其實是個健康寶寶。至少在我和她認識的這段期間，她從未因為感冒而請假過。

「你有聽她講過理由嗎？我是很想叫她打通電話說明啦。」

阿海學長皺起眉頭嘟囔道。

「不，我也有點在意，我這就聯絡她。」

「哦……你們感情很好嗎？」

「每次聯絡她的時候，她總是會在一分鐘之內回傳些夾雜著搖滾樂格言的內容給我……」

「咦？她會對你這麼做？」

阿海學長露出了有點驚訝的表情，但很快就收斂起來。

「不對不對，我真的不是來串門子的。她到底知不知道文化祭已經迫在眉睫啦？」

阿海學長毫不掩飾內心的焦慮，重重地嘆了口氣。

我稍稍產生了一絲反感。她明明可能是身體不適，沒必要用這種責難的口吻說她吧？

「學弟，你知道三雨住哪嗎？」

「哎，姑且知道。」

為了不讓他察覺我的心境，我盡可能用公事公辦的語氣回話。關於三雨的住處，之前她主動借我搖滾樂的雜誌和書籍時，我曾去過她家的門口。她嚷著：「這些書籍太重，帶去學校太辛苦。」遞給我一整個紙袋的量。紙袋沉甸甸的重量令我記憶猶新。

還記得我那時雖然將書籍全數看過了一遍，卻很難說是看得津津有味，最後只能給出一些不著邊際的感想，讓我對三雨產生了不少罪惡感。

「那麼，你能幫我把這個送去給她嗎？」

而這段回憶，就這麼被阿海學長伸出的手臂硬生生打穿了。

他遞過來的，是在左上角用小小的夾子固定住的一小疊影印紙，上頭用大大的字體寫了標題，下方則是畫著繪有橫線的長方形箱子，還排列著許多黑點和數字。

雖然看不太懂內容，但我仍認得出這是什麼玩意兒。

「這是……樂譜對吧？」

阿海學長交抱雙臂，用腳尖蹬了幾下地板。

「對，是我們要在文化祭表演的曲子。再不每天練習就跟不上了，這個節骨眼上真的不是請假的時候，她到底懂不懂啊……」

「不過如果身體出狀況，應該就不能練習了吧……」

「文化祭的日期已經定下來了，就算身體有狀況，也該憑著一股氣勢撐過去啊。」

我感受到內心又多了一股反感。

總覺得如果凡事都能靠氣勢解決，那就沒那麼多苦差事了。

「就是這樣。不好意思，有勞你跑一趟了。拜拜——」

「啊，等一下！」

我抓著被塞進手裡的樂譜，整個人愣在原地。

「……她都沒來上學了，我覺得沒必要硬是送去給她啦……」

應該說，他明明可以自己去，為什麼還要叫我轉交？真是難以理解。

就在我沉吟之際，衣緒花似乎察覺到我沒什麼幹勁。

「你不是很擔心她請假的原因嗎？就去看看她的狀況吧？」

「不過我們今天不是要去看敘話新開的店舖嗎……」

這是衣緒花期盼已久的預定行程。聽說手塚照汰拿出了真本事，打造了一座裝潢相當奇特的店舖。我記得她在收到開幕儀式的邀請時，還因為撞到其他工作行程不克參加而露出相當懊悔的神情。

她在規劃行程時曾說過：「有葉同學也會一起去吧？」由於她總是那種調調，我今天應該也會陪同她一起去才對。

「啊……那件事啊……」

她露出五味雜陳的表情，臉色一沉。

「沒關係的。你就去探望三雨同學吧。」

「……好吧。」

我無話可說，就這麼接受了她的提議。

畢竟這原本就和我沒有關係。要是以為她很想和我一起去逛店鋪，那就是我自作多情了。說起來，我與這件事一點關連也沒有，置身事外才是正常狀況。

「抱歉，衣緒花，我之後會補償妳的。」

「不用這麼客氣啦。」

衣緒花這麼說著，視線落回自己的手邊。那隱隱蘊含著焦躁之情的話聲，就像是魚刺直哽在喉頭似的。

■

三雨家就建在鐵道旁，是獨棟的建築。

這裡距離學校的路程，以徒步來說差不多是四十分鐘。雖然不是走不到，卻仍給人有點距離的印象。我隱約記得三雨是騎小綿羊上學的——就在浮現這個念頭的同時，我看到疑似三雨的紅色輕型機車就停在家門口，證實了我的記憶無誤。以這樣的距離來說，總覺得騎腳踏車也還算方便，特地騎小綿羊上學就有種將嗜好融入生活的感覺，相當符合三雨的作風。設置在家門前的停車處除了這輛小巧的輕型機車之外，沒有其他的車輛，看起來顯得莫名空曠。

我按下信箱旁邊的電鈴。在「叮咚」的電子聲響起後不久，看似性能不佳的對講機便傳來了沙啞的嗓音。

「哪位？」

由於聲音聽起來相當陌生，讓我有點緊張地回答：

「那個……我是三雨的同學，名叫在原有葉，是受託來送東西的……」

「咱、咱這就去！」

聽到這裡，我便明白應門的是三雨，登時鬆了口氣。

在一陣急促的腳步聲後，大門緩緩開啟，從中探出了三雨的臉孔。

她穿著一件大尺寸的連帽外套，帽子罩住了頭部，底下還戴了頂毛線帽。看她把自己包得這麼緊，大概真的是感冒了吧。

「抱歉，我沒先知會一聲。妳還好嗎？」

「啊，嗯！咱很好！有什麼事呢？」

「這個是……好像是叫阿海學長的人要我轉交的樂譜。」

接過我遞出的紙張後，三雨明顯地臉色一沉。

「嗯，是文化祭要表演的曲子呢……」

「呃……因為妳沒來練習，所以他很擔心妳喔。」

總覺得轉達原話會顯得很沒神經，於是我稍微換了個說法。

「……他肯定對咱生氣了吧。」

「哎，是有一點啦。」

「唉——……果然嗎——……」

我在為自己說謊的本事——不對，那其實也不算說謊啦——感到無奈之餘，依舊試著打馬虎眼。

「那個……除了幫忙傳話之外，也是因為妳突然請假，我才會過來探望的。」

「嘻嘻，謝謝你呀。」

「不過妳看起來挺有精神的，真是太好了。妳明天會來上學吧？」

「嗯……」

「那就明天見啦。」

總之，我姑且達成了目的，就這麼轉身離去吧。

但在一股無形之力的阻擋下，我無法向前邁步。

不對，我並非受到外力推擠。

而是被人拉住了身子。

回頭一看，只見三雨用她小小的手掌掐住了我的衣角。

「那個……有葉，咱有點事情要和你商量。」

「商量？」

「在這邊不好說話，可以進來嗎？」

「是、是可以啦……」

商量？三雨有事找我商量？

我試著回顧了一下，但她每次找我聊天，講的都是和搖滾樂有關的內容。我實在無法想像她想找我商量什麼事，難道是喜歡的樂團解散了嗎？不過就算真是如此，她散發出來的氛圍似乎也過於嚴肅。

我跟在三雨身後，接手握住了大門上頭的棒狀握把，戰戰兢兢地踏入屋內。

屋子裡有三雨的味道。

那是類似香草的青草味——說不定是紅茶的味道吧，總之聞著就有放鬆心神的效果。一想到三雨在這裡生活，她的家人也帶有相同的味道，就讓我莫名地萌生出難以言喻的感覺。

三雨已經先一步站在走廊上等我了。我為了脫鞋而垂下視線——驀地發現她稍短的裙子底下光著兩條腿，腳尖則是套在毫無裝飾的樸素脫鞋之中。和包得緊緊的上身相較，這樣的打扮相當不平衡。

「抱歉打擾了……」

看到我小心翼翼地環顧著周遭踏離玄關的模樣，三雨笑了出來。

「咱的爸爸和媽媽都不在家，不用這麼拘謹啦。」

「也是啦，現在還是平日的白天時段呢。」

「嗯。他們的職業相同，連工作地點都在一起。他們說過今天也會在下班後約會，所以到深夜才會回家喔。」

「約會？」

出乎意料的詞彙讓我忍不住反問了一句。

「對啊。好像是會喝點小酒之類的吧？咱其實也不太清楚。」

「令尊和令堂的感情真好啊。」

有那麼一瞬間，我憶起了自己的雙親，隱約記得爸爸和媽媽的感情不錯，但終究沒有留下他們約會過的記憶。

「嗯……但他們經常不在家。就算偶爾回家了，也老是在家裡卿卿我我，讓咱有種待不住的感覺呢，但還是比經常吵架的家庭要好得多了。前幾天呀，明明咱還在場，爸爸卻把媽媽……」

「妳、妳有事找我商量對吧？」

眼見話題逐漸被帶偏，我明知有些刻意，但還是連忙打斷話題。要是再聽下去，難保不會讓我聽見他們家裡的私事。

「關於要商量的事……你跟咱來一下。」

在三雨的催促下，我跟在她身後前進。

隨著她的帶領，我上樓進入了三雨的房間。

那是一處完全符合預期的空間。

吉他立架上頭豎著一把紅白雙色的吉他，以纜線連接著看似擴音器的長方形箱子。一副大得讓我感到吃驚的耳機，就這麼隨興地被扔置在擴音器上頭。牆上貼著海報，架子上排列著無數張ＣＤ，床鋪的枕邊散落著好幾枚耳環。由於太過缺乏意外性，反而讓我感到吃驚。簡直就是典型的搖滾樂愛好者臥房。

不過這間房間所擺放的，盡是些我的房間沒有的東西。

實際見識過後，還是令人有種大開眼界的感覺。

「……好厲害的房間啊。」

「咦？哪裡厲害了？」

「這個嘛……就是覺得很有三雨的風格。」

「咦──那是什麼意思？」

「也沒什麼意思，這就是所謂的搖滾風格嗎？」

「把喜歡的東西放在房間，不是很正常的事嗎？」

三雨偏著頭說道。這話或許有道理，但她算是執行得相當徹底。

我想起衣緒花的住處。她家雖然堆滿了垃圾，卻將衣物整頓得井井有條。雖然不曉得這正不正常，但就「住處會反映個性」這一點來說，三雨講的話想必是有幾分道理的。

那我自己又如何呢？

我有想擺放在自己房間裡的物品嗎？

「別聊這些小事了，你過來這裡一下。」

三雨抓著我的手，讓我坐在書桌前方的椅子上頭。

她的臉龐紅通通的，還用雙手抓著連帽外套的下擺。

「那個……咱剛才說有事要和你商量……」

「嗯……？」

「不要告訴任何人喔。」

在我還摸不著頭緒的當下，她已經在我的面前轉過了身子。

三雨就這麼將手伸進裙底。

我花了好幾秒鐘，才明白從布料底下透出的白色物體是她的內褲。

「等、等一下！」

然而，她卻就這麼將內褲褪到了大腿的位置，還打算掀起自己的裙子。

我反射性地緊閉雙眼，用力將頭撇開。怎麼回事？她為什麼要脫？不是要商量嗎？有什麼事是得脫掉內褲才能商量的？無窮無盡的可能性湧上腦海，在我的腦殼裡掀起了一陣風暴。

「欸，你看。」

「不能這樣啦！」

「你看一下啦！」

「我怎麼能看！」

「有葉，拜託你。」

三雨的語氣是認真的。

就眼前的狀況來說，她理當沒有如此嚴肅的必要。

我戰戰兢兢地睜開眼睛。

她正看似害臊地對我翹著屁股。

然而，呈現在我眼前的，並非我預期的光景。

毛茸茸的黑色內褲包覆著她的肌膚，材質看起來似乎是毛皮一類。

內褲底下還有內褲？

然而，最為奇妙之處並非**黑色的部分**，而是**白色的部分**。

那是呈現白色球狀的軟綿綿物體。

這樣的物體正座落在毛皮上頭。

簡直像是尾巴一樣。

「咱沒去上學的原因，其實是這個。」

她聽似害臊地低聲擠出了這句解釋，卻沒能為我解惑。

「什、什麼意思？妳為什麼要穿上這種飾品……」

「這個……那其實……是長出來的。」

「啥？」

「你摸摸看。」

「呃……不……」

「摸摸看。」

三雨將我的手一扯，強行指引著我。

指尖觸碰到的白色**尾巴**，傳來軟綿綿的觸感，底下的黑色毛皮則帶了點硬度，摸起來有些粗糙。

「那個……這是……」

「咱就說了，這是長出來的。」

長出來的。

在驚愕之餘，我照著她的指引來回撫摸了一番。

但這豈不代表——

「對、對不起！」

在察覺到自己幹下的好事後，我連忙抽回了手。毛皮底下的柔軟觸感，此時依然殘留在我的掌心。

「不要緊。老實說，這裡也是……」

三雨將內褲重新穿好，坐上了床鋪。

「不不，還是別再繼續下去……」

「不是你想的那樣啦！」

三雨摘下連帽外套的兜帽，又拿掉戴在底下的毛線帽。

隨之蹦出來的——

是被黑色毛皮覆蓋的兩隻——耳朵。

老實說，我花了很多時間才得出了這樣的結論。然而，無論是沿著前端逐漸收攏的細長形狀，還是看得見紅色血管的透明度，抑或是一顫一顫地轉換方向的動作——愈是仔細觀察，就愈是只能以「耳朵」來形容那個部位。

「這……果然也是……」

「……嗯。你可以摸摸看。」

我輕輕地觸摸著長長地向前伸出的耳朵前端。在觸碰的瞬間，三雨的身子微微地抽搐了一下。

我確實摸到了。

回饋而來的是同時包含了毛皮和皮膚的觸感，那纖細的觸感彷彿隨時都會被扯破似的，讓我有種如履薄冰的感受。我朝著耳朵的根部摸去，發現這對耳朵滑順地和她染成了金色的頭髮聯繫在一起。是因為她原本的髮色是黑色，才會影響到毛皮的顏色啊——我莫名地感到釋懷。

這對耳朵顯然有血有肉，是她身體的一部分。若是從遠處眺望，或許還會以為這是做得精巧的飾品，但只要伸手觸摸，就能立即明白這是一對活生生的耳朵。

而縱使是生了病，以生理上來說，也不可能長出這樣的器官。

換句話說，這屬於超常現象。

從尾巴和耳朵的造型來看……

能聯想到的生物就只有一種。

那就是——兔子。

「那個……我要問的問題或許有點奇怪，但妳這樣的症狀有多嚴重？」

現在已經不是客套或是害臊的時候了。我得立即確認她身體的狀況。

三雨沉默地拉開連帽外套的拉鍊，掀起了底下的T恤。

顯露在我眼前的——並非雪白的肌膚。

雖然肚臍周遭仍是光滑的皮膚，其下方卻被黑色的毛皮覆蓋著。而上方則是從肋骨一帶開始擴散，遮住一部分的胸部。雖然看不清楚脖子附近的狀況，但由外觀並無異狀來看，那附近應該還沒有長出毛皮吧。

看著倒抽一口氣的我，三雨以輕佻的語氣說道：

「很奇怪對吧？咱原本想說只要用衣服遮住身體就行，但就算是以校風開放出名的咱們學校，想必也會覺得戴著帽子和兜帽上課是很不正常的行為吧。要是向爸爸和媽媽坦承這件事，他們八成會被嚇昏。」

她大概是想用自己的方式中和內心的不安，才會像這樣故作開朗。倘若突然變成了這副身體，會有這樣的反應也是無可厚非。

「三雨，抱歉，謝謝妳願意回答這個問題。那個……妳先把衣服穿回去……」

「嗯……有葉，總覺得你像個醫生似的。」

她乖乖地把T恤穿了回去。

「欸，**醫生**，咱該怎麼辦呢？咱是得了什麼病呀？開玩笑的——」

「妳沒有生病。」

「咦？」

大概是被我嚴肅的語氣嚇到了吧，只見三雨睜圓了眼睛。

「如果是生病或許還好一點……不過妳放心，畢竟有我在。不只是我，還有佐伊姊——對了，得立即聯絡她才行。」

我連忙取出手機，聯絡起佐伊姊。我已**診斷**出確切的原因，光用看的就能明白。

畢竟她和當時的衣緒花可說是如出一轍。

「三雨，冷靜下來聽我說……妳……已經被惡魔附身了。」

我聽見了她用力地吞了一口口水的聲響。

像是聽懂了我的語意，她別開的目光開始四下游移。

過了不久，三雨小心翼翼地開口，這麼詢問道：

「你說的惡魔，是黑色安息日的版本？還是異教狂徒樂團的版本？」

■

「好的好的叮咚叮咚打擾了——」

過了十幾分鐘後，外頭先是傳來停車的聲響，佐伊姊隨即便這麼嚷嚷著走進了三雨的房間。

「小、小佐老師？」

也不曉得三雨吃驚的原因究竟是佐伊姊抵達得太快，還是她竟敢大搖大擺地走進別人家。若是前者的話，還能說是類似救護人員的行為模式——但即使是後者，也還是只能請三雨視為救護人員的行為模式了。

沒錯，我沒想到狀況會如此緊急。

想不到三雨居然會被惡魔附身。

「嗨嗨，三雨同學，妳似乎被惡魔附身了呢。好啦，讓我看看。放心，我可是研究這方面的專家。」

「什麼什麼？妳感覺好嚇人耶？咱該不會被抓去解剖吧？」

「好啦，把衣服脫了，讓老師看個仔細吧……？」

「呀啊——！」

三雨被佐伊姊壓在床上，遭到上下其手。

我原本站在一旁觀望著這一幕，但因為很快就變成非禮勿視的光景，我只得挪開目光。

三雨無疑是遭到惡魔附身了。

不僅如此，還處於迫在眉睫的狀況。但當事人和專家都莫名地缺乏緊張感，反倒是在一旁緊張兮兮的我看起來像個傻瓜。

「妳剛才不是都自己脫掉了嗎……」

面對此情此景，也不能怪我發起了這般牢騷。

「這是兩碼事啦！就像綠洲合唱團和布勒合唱團一樣不同——呀啊！」

佐伊姊沒把三雨的掙扎放在眼裡。她在做完檢查後坐起身子，從口袋裡掏出糖果，撕開了單粒的糖果包裝扔進嘴裡。

「呼。三雨同學，妳也要來一粒嗎？」

「咱、咱要……」

有些怨懟的三雨氣喘吁吁地整理著紊亂至極的衣物，接過糖果放入口中。

看著三雨讓糖果在口腔裡滾動的模樣，佐伊姊聳了聳肩說道：

「哎，總而言之，還真是附身得很徹底呢。這無疑是惡魔在搞鬼。」

「居然是真的呀……既然小佐老師都這麼說了……」

「其實在佐伊姊抵達之前，我已經大致說明過惡魔的來歷了……」

「很機靈嘛，真不愧是我的徒弟。」

雖然這麼說著的佐伊姊對我拋了個媚眼，但在我看來，三雨一開始並沒有把我的解釋當真，之前掛在嘴上的神祕專有名詞，似乎是和惡魔有所關連的樂團名稱，她甚至還想放曲子給我聽。

不過當我提到衣緒花也同樣被附身過後，她便認真地聆聽了起來。而在佐伊姊掛保證後，三雨似乎總算是相信了。

佐伊姊一副把這裡當成自己家的態度，一屁股坐到了書桌前方的椅子上頭，將腳蹺了起來。

「總之先從問診開始吧。妳最近周遭有發生什麼怪事嗎？」

「這就是咱遇到最怪的事了……啊，咱的吉他明明才剛換過弦，第六弦卻斷掉了！」

三雨指著豎在架子上的吉他大喊，讓我抱頭叫苦。

「妳真的覺得那是惡魔在搞鬼嗎？」

「第一弦也就算了，那可是第六弦喔？很難斷掉的喔！」

「問題不是在那裡吧……」

「問題可大了，吉他的弦又不是不用錢！」

「我不是在和妳講這個，是在說惡魔啦、惡魔。」

三雨依舊一副不明所以的表情，撫摸著從頭頂上方伸出的耳朵。

「哎……知道歸知道，但突然被這麼問，咱也沒什麼實際的感覺呀……」

「妳的身體就是不動如山的證據吧？」

「話是這樣說沒錯啦——」

聽著我們有一搭沒一搭的對話，佐伊姊不置可否地哼了一聲。

「……只有身體的症狀特別明顯，這點有些不可思議呢。」

「什麼意思？」

佐伊姊的嘴裡傳出了「喀哩喀哩」的聲響，她似乎含到一半就把糖果咬碎了。直到嘴裡空無一物後，她這才侃侃而談：

「惡魔屬於沒有實體的第五元素，為了實現願望，祂們會干預四大元素。這段過程是否會對肉體造成變化，與靈魂和惡魔——說得更精確一點，是和願望的**距離感**息息相關。若是以病況來舉例的話，就是第幾期的概念吧。惡魔與野獸有著千絲萬縷的關連。應該說，一旦產生了無法實現的願望，便會無關乎人性和理性，朝獸性和慾望的概念延伸而去，因此就原理來說，倒也合乎邏輯——」

「佐伊姊，三雨露出鴨子聽雷的表情啦。」

我看著三雨張大了嘴巴愣住的模樣，打斷了她滔滔不絕的說明。

「哦，不好意思。那我就說明得簡潔一點吧。換句話說，三雨同學之所以會變成兔子小姐，就是因為**願望的嚴重性**已經攀上高峰嘍。」

我回想起衣緒花的例子。的確，她**徹底**轉化為蜥蜴的樣貌，就只有發生在逆卷體育館的那一次而已。而與之相較，三雨則是打從一開始就轉化為**相同等級**的兔子樣貌了。

「儘管如此，三雨同學卻還是這副調調，而且依她個人所見，身邊並沒有發生任何異常狀況。三雨同學的願望顯然有著急需解決的迫切性，若以此作為前提的話，就得考慮惡魔在不為人知之處**已經開始作祟**的可能性呢。」

惡魔會協助宿主實現本人尚未察覺的願望。換個角度來說——惡魔若是在本人無從察覺之處引發了某些現象，也是說得通的。

「呃……咱還變得回去嗎？」

原本不當一回事地聆聽的三雨，這下子也變得不安了起來。

「當然可以，只不過得驅除妳身上的惡魔才行。」

「要是沒辦法驅除呢……」

「若是放任肉體繼續變化，只能說妳變成**真正的兔子**的可能性就很高了。」

不知為何，佐伊姊喜孜孜地做出了不祥的發言。

我感受到背脊一陣發涼。既然身體都已經出現了如此明顯的變化，我不認為惡魔還會有手下留情的餘地。

「這、這會讓咱很頭痛的！」

三雨似乎終於明白了事情的嚴重性。

就在我思索著解決方案之際，佐伊姊輕輕地拍了我的肩膀。

「放心吧，有葉小弟會幫妳想辦法的。」

「有葉？」

三雨的視線朝我投了過來。

「果然又是要丟給我啊……」

「畢竟這次得同時從**願望**和**現象**這兩方面進行調查嘛。遺憾的是，我還有**其他的事**要忙。」

佐伊姊說著，對我使了個眼色。我看出她的意圖，即使再怎麼不情願，也只能點頭同意。

「就是這麼回事。萬事拜託啦，驅魔師小弟。」

「拜託你啦，有葉！」

不知為何，連三雨這個當事人都笑嘻嘻地模仿佐伊姊，拍了拍我的肩膀，讓我不禁嘆了口氣。她真的明白狀況有多嚴重嗎？

「總之，我會向學校提交合適的藉口，三雨同學就在家休息吧。如果有必要，有葉小弟也可以請假。畢竟不是悠哉上學的時候了。」

「合適的藉口是什麼？」

「說你們壓力太大禿頭了。」

「就不能想個更正經的理由嗎！」

過於荒唐的理由讓我忍不住吶喊，佐伊姊卻是一副雲淡風輕的樣子。

「對於青春期的少年少女來說，圓禿是很嚴重的症狀吧？」

「就某方面來說或許是這樣啦……」

「咱沒意見喔。畢竟咱都把頭髮染成這樣了，現在哪還有挑三揀四的權利？謝謝您，小佐老師！」

但三雨看起來並不介意，我也只能摸摸鼻子認了。

「那當然。協助你們這些青少年健康成長，就是我的職責所在。那我走啦，之後就拜託你了！」

說完，佐伊姊便離開了房間，只留下我和三雨在場。

「好了。該怎麼做才好呢……」

接下驅魔師擔子的我，這回得驅除三雨身上的惡魔。

「只要釐清咱的心願，並實現願望就行了對吧！」

「是這樣說沒錯，但也得查清楚惡魔動了什麼手腳……」
「那個呀……有葉，咱其實有個煩惱！」
「妳為什麼還這麼有活力啊？」
明明都被惡魔附身了，她為什麼還一副事不關己的樣子？但說起來，這也確實很符合三雨的作風。
總而言之，若是不好好聽她說話，那就沒辦法跨出第一步了。
「咱們不是要在文化祭辦演唱會嗎？」
「嗯。」
「那個……咱們……準備得不太順利。咱有願望的話，應該就是和這個有關吧？畢竟咱也給阿海學長添了麻煩……」
我雖然有點訝異，但回想起阿海學長的態度後，的確是能看出他們的狀況不太順利。儘管還不明白具體發生了什麼狀況，然而阿海學長確實是對三雨表露出焦急的心態。這讓三雨的內心深處產生了壓力──說是說得通，不過我又覺得這樣的理由有些不夠充分。
「惡魔會協助實現的，都是本人尚未察覺，卻又迫切實現的願望喔。」
「這很迫切呀！對搖滾樂手來說，哪有比演唱會更重要的事呀！」
「哦、呃……是這樣啊……」
對於時裝模特兒來說，在伸展台邁步是至關緊要的大事。依此類推，或許對於音樂人來說，登上演唱會也是相當重要的活動吧。

「但咱最近血液中的搖滾濃度下降不少，所以一直提不起幹勁呢。」

「突然冒出了神祕的概念。」

「最近啊，咱喜歡的樂團要開演唱會了，你要不要陪咱去？總覺得看過他們的表演之後，咱在練習時會更有幹勁，願望肯定也會隨之實現的！」

「這是什麼邏輯啊？」

「玩搖滾樂的契機與邏輯無關！清志郎（註：指日本搖滾樂手忌野清志郎）也是這麼說的！」

「我每次都不曉得三雨的格言是從誰那裡引用來的……」

儘管如此，若想徹查她周遭的狀況，便只得向前邁進才行。

真是的，為什麼驅魔師這種職業，總是會落得被人牽著鼻子走的下場啊？

不對，這或許也是我的個性使然。會被周遭的人們耍得團團轉並不是因為惡魔作祟，單純只是我沒有軸心罷了。

就像衣緒花深愛服飾、三雨傾心搖滾樂那般，若說我有什麼熱衷的事物——

或許就是驅除惡魔了。

我看了三雨的耳朵一眼。原本不應存在的那玩意兒，如今彷彿在宣示著自己是身體的一部分似的，正頻頻跳動著。

話雖如此，就算沒有這層緣由……

既然看到朋友有難，我還是想幫她一把。
這是我心中的直率感想。
「哎，真拿妳沒辦法。」
「好耶！那就一言為定嘍！」
喧騰的三雨即使轉化為非人之姿，那雙瞳眸依舊和往常一模一樣。
光是看到這樣的她，便讓我覺得當個驅魔師也還不壞。

■

我與三雨道別、回到自己家後，有人打了電話給我。
在約好要去看演唱會之後，她就以預習為由讓我聽了一堆音樂，直到入夜才肯放人。
這段期間完全沒發生過任何不尋常的狀況，甚至連她那對頻頻抖動的耳朵，我也逐漸感到適應。硬要說的話，就是三雨比平時更為聒噪。但因為她難得地獲得了能隨意布道搖滾樂的機會，馬力十足的模樣反而更像是原本的她吧。
回到家後，我再次環顧起自己的房間——
這間房裡什麼也沒有。
當然，基本的生活必需品還是有的。這裡有書桌、有椅子、有床舖，也有擺放了教科書的書架。架子上甚至看得到作為裝飾之用的布偶和玩具，大概是以前的我很喜歡它們吧。

不過我無論眺望再多次，都不覺得那是屬於自己的物品。

只是在無意間找了個位子擱置的物品們。

會有這樣的想法，肯定是因為我沒有親自挑選過的感受吧。

就在我將手機放在冷冰冰的書桌上後，手機馬上傳出了震動聲。

螢幕上顯示著清水先生的名字。真是忙碌的一天啊——我這麼想著，點了綠色的通話鈕。

「少年，你現在有空聊聊嗎？」

「清水先生？發生什麼事了嗎？」

在那起風波之後，清水先生不時會和我聯絡。他總是想打聽衣緒花的近況，但衣緒花不喜歡被他緊迫盯人的感覺。因為雙方的利害關係微妙地一致，最後於是莫名其妙地由我擔任起雙方的橋梁。衣緒花親口承諾過，我可以向清水先生坦白她最近的狀況。換句話說，衣緒花只是不想應對他絮絮叨叨的風格罷了。

如此這般，我落得了要向經紀人回報模特兒近況的奇妙立場。

而就現在的狀況來說，我其實感受到沉重的負擔。

但既然清水先生一無所知，我也只能維持一如既往的態度回應。

「衣緒花最近變得有點古怪，你知道些什麼嗎？」

聽到他的問題，我的內心暗暗一驚。

其實我們起了些摩擦——這句話是我打死也不能說的。

不對，就算清水先生再怎麼敏銳，應該也察覺不到這些細節才對。我重整思緒，以冷靜的口吻回答道：

「呃，她最近看起來有點累，但都有來上學喔。」

「這樣啊……你知道敘話最近新開了一間店嗎？」

「嗯，多少有聽說。」

「衣緒花說過，為了彌補沒能參加開幕儀式的遺憾，她今天會去店鋪裡露個臉，手塚照汰似乎還特地來店裡等她的樣子。」

「那不是很好嗎？衣緒花應該很開心吧？」

「問題在於她這天似乎沒有去參觀店鋪。」

「咦？」

我登時慌了起來。

我確實是將探望三雨視為第一優先，但衣緒花可沒有不去的理由啊。

「我其實也嚇了一大跳。由於雙方都沒有事先談定，沒造成什麼問題。手塚先生也是一笑置之，表示自己只是一時心血來潮，沒必要放在心上……」

「這很不像她的作風呢。」

「你也是這麼想的啊。她說不定真的累壞了呢。」

「……確實是有這個可能。」

「手塚照汰對衣緒花青眼有加，敘話的首席設計師擁有不凡的影響力。雖說在工作量節節攀升之際，經紀人更該做好把關的本分……」

「但衣緒花不會放跑那些工作機會呢……」

「我就算建議她休假，她也會主張想多接些工作，不肯把我的話聽進去呢……我明明總是提醒她，要是搞壞身體就得不償失了……那孩子真是讓人頭疼……」

「我也勸過她要好好休息了。」

「她有好好吃飯嗎？我也可以三餐幫她做便當，但要是干預太多，她又會露出厭惡的神情……」

「我認為清水先生的關懷，衣緒花都是有接收到的……」

我雖然試著打圓場，卻也覺得讓經紀人三餐送便當是很有壓力的事。衣緒花固然很感謝清水先生，但也希望他能放任自己生活——我現在多少明白衣緒花的心情了。

「……讓我在意的是，即便身體有失調的跡象，她似乎依舊經常外出。各大社群網站都能看到粉絲拍到她一個人上街散步的照片。而她被拍到的地點，幾乎都和服飾無關。以衣緒花的個性來說，我不認為她會裝病，但你不覺得這很奇怪嗎？」

這個人該不會有當跟蹤狂的天賦吧？還好清水先生把這樣的能力活用於經紀人的工作內容，我由衷為此感到慶幸。

這些姑且不提，我其實也聽出了清水先生的弦外之音。
「您的意思是，她的身體狀況之所以欠佳，或許是因為壓力所致？」
「就目前的狀況來說，這種推測是最說得通的。」
說到這裡，清水先生淡淡地沉吟了一聲。
「不好意思，對你來說，剛才的話題可能太詭異了。」
他又重重地嘆了一口氣，隨即做出結論：
「我果然還是動用非常手段，暫時讓她遠離工作休息一陣吧。我會盡量不主動聯絡她，在這段期間，希望你能多陪伴她多一點。」
「不，請等一下，這麼做果然……」
「旁人的視線固然惱人，但若是慎選地點的話，還是能好好地約會一場吧？」
「約會……」
聽到這個詞彙，我登時愣了一拍。
清水先生敏銳地捕捉到我的反應，以有些為難的語氣說道：
「我可能講得太沒神經了。我的意思是，如果壓力是她失常的原因，那讓她和你多多聊天，應該就能令她放鬆一些。」
「我不是那個意思。」
「怎麼了？」

「呃……那個……我雖然會被她拉著到處跑，但她帶我去的地方不是和工作有關，就是與服飾相關，應該沒辦法讓她好好休息才對。」

「啊——……」

不想解釋太多的我勉強擠出一個藉口。聽到我的回答，清水先生登時拉出了長音。他似乎非常能接受這樣的說法，甚至變回休閒的語氣。

「您應該能想像吧？衣緒花不管做什麼事，最後都會和工作扯上關係呢。」

「話雖如此……試著邀她去和工作扯不上關係的地點如何？」

「我想如果去了動物園，她就會聊毛皮的話題。若是去看電影，她就會聊服飾的事喔。」

「……或許真是如此。」

我和清水先生同時嘆了口氣，麥克風和喇叭之間循環著相同的嗓音。

而這樣的嘆息，都是針對同一個女孩子有感而發的。

「儘管如此，終究還是比獨處要來得好。我希望你能多和她搭話。」

「我會嘗試的，但請別抱持太多的期望。」

「但凡能讓工作步入正軌，我會不擇手段，然而還是會遇上力有未逮的時候。」

「您說……力有未逮嗎？」

「是啊。現在的我需要你的協助。」

「您客氣了……」

「那就拜託你了，少年。」

以堅毅的語氣這麼說完後，清水先生便掛斷了電話。

為了讓衣緒花振作，存在著唯有我才辦到的事。

對我來說，這是相當沉重的話語。當這句話出自經紀人之口時，其重量更是非比尋常。

我躺在床鋪上，仰望著天空。圓型的ＬＥＤ嵌燈就像是滿月一般，散發著白色的光芒。

雖然答應了清水先生的要求，但我總覺得讓衣緒花和蘿茲一同出遊，應該能更為簡潔地解決這個問題。儘管她倆的關係一度相當緊張，但在我看來，這兩名對彼此知之甚詳的少女，正逐漸孕育出只屬於她們的情誼。雖說年齡有些差距，但既然兩人同為從事模特兒的同伴，想必會有更多教學相長的空間吧。以現況來說，最能近在咫尺地觀看衣緒花表現的人物，應該就是蘿茲了吧。

衣緒花總是會想些五花八門的理由，拖著我東奔西跑。

她為什麼要這麼做？

自以為是的假設要多少有多少，但那些妄想都太過荒唐。我自認還是有正常的判斷能力，不會輕易選擇相信。

畢竟對於現在的我來說，她實在是太過耀眼了。

儘管如此——

如果真的存在著只有我能為衣緒花做到的事……

如果能化為她實現願望的助力……

那我會——

〈衣緒花，我們約個時間出去玩吧。可以的話，我想挑個和服飾無關的地點。〉

然而，此時的我並沒有發現——

在這一刻，惡魔其實已經潛伏在我的身邊。

第4章　努力維持目前動態的特性

「嘻嘻，讓你久等啦。」

這一天，出現在會合地點的，是打扮得比平時更為用心的三雨。

距離那天上門探望又過了好些日子。到頭來，我依舊沒能聯絡上衣緒花——她甚至沒有讀取我的訊息。她果然是身體不適嗎？又或許只是不想和我碰面罷了？我雖然擔心得想去她家看看，但雙腿總是沉重得跨不出步伐。

如果我真的登門造訪——

「我今天是放假沒錯，但為什麼要和有葉同學一同外出呢？」

——若是被她這麼回應，我會不曉得該露出什麼樣的表情。

說起來，我明明主動邀約衣緒花，現在卻和三雨一同出遊，這樣的狀況讓我感到五味雜陳。為了驅除三雨的惡魔，這是名正言順的行為——我這麼說服自己。這是身為驅魔師該做的工作，況且我也是受人所託，所以沒什麼好心虛的。

「我還以為妳不來了。」

「抱歉抱歉，咱多費了點心思嘛。」

晚了整整三十分鐘才現身的三雨，確實是精心打扮了一番。

她雖然一如往常地穿著以黑色為基調的服飾，但罩衫的胸口處有著大大的蝴蝶結作為裝飾，還穿了帶有荷葉邊的裙子。不曉得是不是錯覺，總覺得她的眼睛睜得比平時更大。

三雨的頭上戴著尺寸略大的報童帽，大概是把耳朵摺疊起來藏在裡頭吧。她將耳朵藏得很好，如果沒有仔細打量，是看不出古怪之處的。

「後面沒問題嗎？」

三雨扭著身子，似乎很在意屁股的狀況，但從她的角度應該看不見。我確認了一下，雖然看起來是有點鼓鼓的，卻還不到引人注意的程度。那團**尾巴**雖然看似巨大，但實際摸過的我很清楚，絕大部分都是由蓬軟的毛所構成的。

「我想應該沒問題吧。妳也把耳朵藏得很好呢。」

「太好了！只不過咱說不定得維持這模樣一輩子……也不曉得惡魔是不是在其他地方作祟……對吧，有葉？」

三雨這麼說著，窺探起我的臉孔。

彷彿有所期待。

「我會陪著妳，不讓狀況惡化到那種地步。我會好好調查，查出發生了什麼事，以及驅除惡魔的方法。因為現在的我，就是妳的驅魔師啊。」

我盡可能地用堅毅的口吻這麼開口，收下這段話語的三雨則是開心地笑了。

「嗯！謝謝你！」

為了補充血液的搖滾濃度——我是不曉得這個奇怪的理由有多麼迫切，不過這次的同行，也是包含著考察這點在內，想就近打探三雨的狀況。我目前幾乎對附身在三雨身上的惡魔一無所知，得努力收集些資訊才行。

只不過看到她這麼用心地為今天作準備——

這豈不像是在約會嗎？

要是不小心被衣緒花撞見怎麼辦——這樣的念頭一閃而過，讓我對自己感到嫌棄。

就算真的被她遇上，也應該不成問題才對。畢竟這只是驅魔的行程啊。

「有葉，走吧！」

她背對著車站，以輕快的步伐蹦跳而行，像是沒把附身之物的重量當一回事似的。若是換個角度思考，這樣的她或許的確很像一隻兔子。

我調整著呼吸，跟在三雨的後頭前行。

「咱啊，一直想要和你一起去看演唱會呢。」

「妳以前沒說過想找人一起去看吧？」

「唉……你是這樣解讀的呀……」

「抱歉。畢竟我也不能說很迷搖滾樂。」

說起來，我甚至不曉得逆卷市存在著展演空間。當然，除了被三雨灌輸的知識之外，我對這次表演的樂團也是一無所知。

「哦——沒有很迷搖滾樂呀？那你對什麼感興趣？」

「這……」

我一時說不出話來。

「這、這個嘛，因為惡魔是有必要驅除的對象……我還滿重視這方面的……」

在敷衍三雨的同時，我也感受到自己的思緒亂成一片。

我為什麼會這麼焦慮？

「對嘛，畢竟咱可是被莫名其妙的惡魔給附身了，你可對咱多抱持些興趣才行喔！」

三雨這麼說著，挺起胸膛哼了一聲。

「我不是說過很多次了嗎？惡魔可不是這種溫吞的存在……」

「好啦好啦，咱們走！」

說著，三雨抓起我的手，像是對此感到理所當然一般，動作看起來是如此自然。

我的腳下險些一絆，這才跟上了心情雀躍的三雨。

這就是和朋友相處的距離嗎？

還是說，一旦將這樣的行為稱之為驅魔，便沒什麼好在意的？

在向前邁步的同時，我對她柔軟的手掌觸感逐漸萌生出尷尬的情緒，連忙拋出話題。

「我沒參加過演唱會，現場的情緒會很激動嗎？」

「不會喔。慣性不是那種風格的樂團。」

「總覺得稍微安心了一點。」

這是我的真心話。不過再次聽到樂團的名字後，讓我提出了內心的疑點：

「不過妳不是說過他們是主流出道的樂團嗎？真虧妳有辦法在這麼臨時的狀況下買到票呢。」

「啊，呃——嗯，還好啦。只要是像咱這樣的資深粉絲，就會有很多管道可以弄到票啦！」

「是這樣嗎……？」

「好啦，咱們到啦！」

對此感到似懂非懂的我，此時已經來到展演空間的門口。

不，應該說……我大概是站到了展演空間的門口吧。

因為在我眼前的，就只是一棟隨處可見的大樓。顯眼的紅色招牌確實寫著我曾聽說過的展演空間名稱，但與我預期的光景相當不同。不過三雨就這麼一馬當先地走進大樓。我們遵照著貼在各處的標示，在穿過不怎麼寬敞的走廊、踏上階梯後，終於抵達寫有「服務台」三個字的小小櫃台。

周遭貼滿了海報和各種告示，讓我遭受嚴重的資訊轟炸。而在這段期間裡，三雨已經熟門熟路地遞出門票，隨後拿回了票根和另一張紙。

然後——

在三雨用盡全身的力氣，打開了像是潛水艇艙門一般的厚重門扉後……

展露在我眼前的，確實就是展演空間。

這裡沒有座位，是一處開放式的格局。此時已經有不少人抵達現場，他們不是喝著手中的飲料，就是與其他人談笑風生。我看著設置在舞台前方的吧台，萌生了「該不會有一群醉鬼擠在這裡買醉吧」的不安念頭。三雨說過這個樂團並不是那樣的風格，希望她所言不假。

「有葉，你想占比較前面的位子嗎？」

「我是沒什麼差啦。三雨想就近觀看嗎？」

「不要緊，因為咱是在後方抱胸欣賞派。」

「這是什麼鬼派別啊……」

「這可是很主流的派別喔？好啦，你想喝什麼？」

「咦？」

我跟著三雨移動，在不知不覺間來到了吧台前方。身穿T恤的工作人員明明染著鮮豔的頭髮，卻格格不入地擺出一張撲克臉，正靜靜地佇立著。

三雨向我揮了揮手，她先前在櫃台拿到的紙張也隨之晃動。

我的臉上大概是寫滿了問號吧，只見三雨親切地說明了起來：

「可以用這張飲料券兌換喝的。這裡採用的是這種制度喔。」

「原來展演空間還有制度之分啊？」

「哦？有葉，你是看不慣搖滾樂迎合資本主義制度的行為是吧？」

「不不，我完全沒有那個意思。」

「經營展演空間可是很辛苦的喔！大家都是聚集在可以演奏的地方，藉以培育搖滾之魂的喔！」

「就說沒有看不順眼啦。」

「慣性樂團也不例外。這裡是慣性首次登台表演的展演空間，想不到他們在主流出道之後，居然會凱旋回歸呢！」

「咦？他們是逆卷市出身的？」

「沒錯！慣性的主唱可是咱們學校的校友喔！原來你知道啊？」

「不不，妳怎麼覺得我會知道啊……？」

「抱歉抱歉。也是呢，你當初也對小衣緒花沒什麼瞭解呢。」

「就是說嘛……」

就在我們閒聊的同時，後面開始有人在排隊了。我用手肘頂了一下兀自侃侃而談的三雨，她這才將目光投向飲料的品項。

「是說有葉，你想喝什麼？」

「這個嘛……那就和三雨一樣的好了。」

三雨講了某種飲料的名稱，面無表情的店員眉頭皺都不皺一下，把飲料倒入透明杯子便遞了過來。三雨接過杯子，在讓出櫃台前方的空間後將杯子遞給我。

「請用。」

「謝謝。」

盛裝在杯子裡的，是極度接近黑色的褐色碳酸飲料。我以為那是可樂——但聞起來的味道顯然不同。

「……這是什麼飲料？」

「咦？就胡博啊。」

「胡博是什麼玩意兒？」

「胡椒博士。」

三雨說得像是一般常識似的，喝起手中的飲料。

「咱每次都點這個，很好喝喔。」

「產品名稱有博士……這是藥水嗎？喝下去不會有事吧？」

「真是的，你不是說要點和咱一樣的嗎——不喝的話就給咱吧。」

「不，我喝，我喝就是了。」

眼見三雨真的作勢要搶走我手中的飲料，我連忙拿著那個叫胡椒博士的飲料向後一撤。

三雨的身子自然而然地靠了上來，撞上我的胸膛。

「啊……」

險些跌倒的三雨用空著的另一隻手抓住我，我則是反射性地用另一隻手托住她。

「抱、抱歉，有葉。」

抬起臉龐的三雨，和我離得好近好近。

她圓潤的雙眼就像是彈珠一般——

照映著我的身影。

「……跌倒的話會很危險喔。那個……妳的耳朵說不定會冒出來。」

「嗯、嗯，謝謝你……」

不知為何，我的內心冒出了一股難以言喻的罪惡感，讓我瞥開了目光。

過了不久，像是要搗毀這陣尷尬的氣氛似的——

吉他的聲響和歡呼聲響徹了周遭。

■

演唱會結束後，我們走出大樓。混在情緒依舊亢奮的觀眾之中，讓我有種體溫上升了好幾度的錯覺。

經過音樂洗禮之後，就連夜晚的空氣似乎都變得與先前大不相同。

三雨「嗯——」地伸了個懶腰，朝著車站的方向邁出步伐。

「有葉……你覺得怎樣。」
「總覺得……好厲害啊……」
「對吧？」
「而且主唱的表現特別厲害。」
「對吧對吧？」
三雨蹦蹦跳跳了起來，彷彿被稱讚的是自己。
我是打從心底覺得他們很厲害。老實說，在三雨拚命放歌給我聽的時候，我並不覺得那些曲子特別驚豔，但親眼目睹過他們的表演後，我才大受震撼地感受到兩者的不同。若要單純地比較演奏的優劣，肯定是錄製過的版本修整得更為精鍊吧。然而，即便早已反覆聆聽過相同的曲子，現場感受到的意境卻大不相同，宛如連歌詞都有了新的意義。
這應該就是所謂的扣人心弦吧。
「……咱聽說所謂的『慣性』，是一旦動了起來，就絕對不會停止的意思。他們在受訪時表示，樂團早期一直湊不齊人數，不然就是面臨成員來來去去的窘境，所以起步時相當辛苦。但因為一直有觀眾相信他們，才能順利地走到這一步。該怎麼說……這種百折不撓的精神也讓我感到很欽佩呢。」
說著，三雨露出了我至今從未見過的表情。
我無法全數判讀出其中的訊息，卻仍明白她對於演唱會懷抱著非同小可的熱情。

我必須驅除她身上的惡魔——

所以得查出她所懷抱的願望才行。

「三雨，妳為什麼會喜歡搖滾樂？」

「有葉真是問了個笨問題。因為咱在出生之前，就在媽媽的肚子裡用腳踢出了『我們將震撼你』的節奏嘛。是右腳兩下，左腳一下喔。」

「令堂一定很痛吧……不，我不是要講這個，說認真的。」

「是認真的呀……」

路燈的燈光照亮她的側臉，遠處傳來喝了酒的人們發出的喧鬧聲。

三雨先是認真思考了一會兒，然後——

「……總覺得啊，搖滾就是大家都不肯放棄呢。」

「不肯放棄？」

「嗯。像是看到不順眼的事情就出拳揍飛、遇到不對的事情就直接喊不對的率性，以及總是高舉著世界和平這種感覺絕對無法實現的標語等。慣性樂團也不例外。雖然遭遇了許多困難，他們卻仍不肯放棄，試著繼續前進。看在咱的眼裡，他們讓我留下了這樣的感想。」

向前邁進嗎？鏗鏘有力的搖滾樂確實是給人這樣的感覺沒錯。

我驀地想起衣緒花。

想起她暴龍般的步伐。

那強勁的力道，或許和他們的音樂有點相似。

「……咱不管做什麼都是半吊子。因為對自己沒什麼自信，才會萌生出想變得像他們一樣的想法……不過咱實踐得並不好呢。咱總是只學了個皮毛，內在卻空空如也。」

三雨那細弱的話聲，彷彿正逐漸消失在城鎮的喧囂之中。

和她平時談論搖滾樂的模樣有著天壤之別。

這樣的她看起來一點也不可靠。

「三雨，妳說過很擔心文化祭的演唱會對吧？」

「啊，嗯……其實咱沒有在別人的面前演奏過……」

「咦？真的假的？妳不是輕音樂社的嗎？」

「哎呀，咱迄今都會避開那些表演的活動。但阿海這次相當堅持，硬是要咱參加今年的文化祭呢。」

我想起了阿海學長那尖銳的虎牙。也就是說，他不僅主動邀三雨參加，還在旁邊擺架子耳提面命嗎？若是如此，那他展露出來的態度似乎有些自我中心啊。

「他為什麼會突然邀妳？」

「咱也不知道。」

三雨搖了搖頭，似乎真的沒有頭緒。

「咱姑且是答應參加了，練習卻總是上不了軌道，於是有了想逃避的念頭。畢竟給阿海添了麻煩，他會生氣也是理所當然的。」

我不認為那是理所當然就是了。若是被逼著參加的話，更沒有挨罵的理由。

「呃——要我出面和阿海學長商量嗎？」

三雨先是想了想，隨即搖搖頭。

「……老實說，咱也是想嘗試登台表演，才會答應他的邀約。」

「如果妳有意願……嗯，那確實就不該由我插手。」

「不過咱遇到了一點問題。」

「什麼問題？」

「吉他的部分還有辦法解決，但唱歌的部分……」

實在沒什麼自信啊——三雨表示。

我總算明白了她的處境。

三雨熱愛著搖滾樂，也憧憬著登台表演的大場面。先不管阿海學長在打什麼主意，三雨想必是因為懷著這份熱情，才會答應他的邀約。然而，在壓力的影響下，練習遲遲無法上軌道——這應該就是她面臨的狀況吧。

雖然還不曉得惡魔引發了什麼樣的現象，但祂很有可能會圍繞著這起事件作祟。

不對，說不定變成兔子的外貌，就是她真正的願望？若是朝這個方向猜測，沒有引發其他現象的疑點也就迎刃而解了。她不想出現在別人面前，惡魔則實現了她的願望——

我感覺到自己的心跳正在加速。

離正確答案愈來愈近了。

像是衣緒花在找到合乎期望的衣物時，或是三雨在聽到喜愛的樂團推出的新歌時，說不定就是這樣的感覺。

沒錯，此時此刻的我，確實就是一名驅魔師。

「如果三雨的願望是想在觀眾面前好好表演，我的職責就是完成妳的心願。」

「那、那麼！你願意陪咱練習唱歌嗎？」

「當然可以。」

我這麼承諾後，三雨的臉龐就像是展演空間的燈光一樣亮了起來。

隨即，她再次拉住我的手。

「那就走吧！」

「現、現在就要去嗎？」

我們再次融入了夜晚的城鎮之中。

即便罪惡感已然爬上我的背脊，我卻仍裝作渾然不覺。

■

三雨熟門熟路地走著，很快就抵達了寫有「卡拉ＯＫ館」的藍色招牌店家。踏入店內後，她便和櫃台辦妥了手續。

她接過看似收據的紙張，朝店內深處走去。我追著她走了一會兒，便抵達一間小小的包廂。

「喔……」

在我環顧周遭的當下，三雨已經把這裡當成自己家似的坐了下來，伸手操作起一台又大又重的機器。

「有葉，你有想唱的歌就儘管點喔。這一型的機器點得到滿偏門的歌喔。」

「不，我就不唱了。這機器還有分型號啊？」

「當然有分呀。」

「我不曉得，畢竟我也沒來過。」

三雨手裡的機器驀地落到桌上，發出「磅」的一聲大響。

「現在還有這種人嗎？」

「別亂摔電子儀器啦。」

「抱歉——不對！你真的沒唱過卡拉ＯＫ嗎？」

「有必要特地來這裡唱歌嗎？」

「可是咱就經常一個人來光顧呀……哎，不過有葉的確是一副不會來唱的樣子……」

「妳沒和輕音樂社的人一起來嗎？」

「沒有沒有，才不會找他們呢。」

「我看你們感情還挺融洽的啊。」

「啊，不，呃——嗯，不是感情不好啦。該怎麼說……」

三雨突然支吾其詞，讓我偏頭不解。

我雖然不是很瞭解，但卡拉ＯＫ給我的印象，就是一群人熱熱鬧鬧地歡唱的地方。如果是一個人特地跑來這裡消費，應該代表她是真的很喜歡唱歌吧？

「唉……你馬上就會懂了。」

三雨稍稍沉著臉嘟囔著，隨即繼續操作起機器。

在我想進一步詢問的時候，前奏已經響起，於是我閉上嘴巴。

雖然音色與原版相去甚遠，但那極具特色的吉他聲讓我馬上認了出來。

那是剛剛才聽過的其中一首曲子。

我將視線投向畫面，只見歌名下方寫了「慣性」二字。

「那咱要開始唱了。」

說著，三雨用力地吸了一口氣，唱了起來。

■

過沒多久，歌曲結束了。

與現場演奏無從相比，甚至和ＣＤ版本相較都顯得莫名單薄的伴奏，就這麼撞上薄薄的包廂牆壁，消散無蹤。

我頂著一張嚴肅的臉孔，依舊坐在黑色的合成皮沙發上頭。

三雨緊握著麥克風站著不動，靜靜地等我開口。

「……文化祭是什麼時候的事？」

「下個月。」

「下個月啊……」

看到我欲言又止的反應，三雨催促道：

「有葉！講真心話！」

「不，可是……妳也不是職業歌手，只要抱持著享受氣氛的態度……」

「這樣講反而更傷人！」

「……抱歉。」

三雨在我身旁一屁股坐下，上身趴在桌上。

「……沒關係。咱也有自知之明。」

以結論來說——

三雨剛才的行為，根本不能說是在唱歌。

那甚至不到能夠評比好壞的水準。她從頭到尾都嘶啞著嗓子，像是猛喘大氣似的。不僅聽不出歌詞，甚至毫無音階可言。老實說，光是在一旁聆聽，就有種飽經折磨的感覺。

這根本已經稱不上是音樂了。

「那個……妳是從什麼時候變成這樣的？」

「咱只要在別人面前唱歌，就會覺得非常難受，聲音也就變得出不來了。一個人唱歌的時候倒還不會這麼嚴重。但只要想到有人在聽，咱就會唱得荒腔走板……」

三雨緩緩坐起身子，看似難受地仰靠著沙發。

「咱也找過幾位老師上過課……但在第一次開唱之際，他們都會露出錯愕的神情。不過這些老師大多還是溫柔地教導咱唱歌的技巧。只是，雖然照著他們的方法發聲，咱卻沒有絲毫改善的跡象。咱也知道老師為了咱煞費苦心，感到很過意不去，結果聲音就愈來愈發不出來了……」

三雨環抱起自己的膝蓋，整個人縮了起來，感覺像是會就這麼愈縮愈小，直到消失在這世上似的。

「……咱看過很多樂團的表演，所以很清楚自己沒有那樣的才能。這世上就是存在著打從出生便無所不能的天才，像是小衣緒花那樣。」

一聽到這個名字，我反射性地駁斥道：

「衣緒花一直都很努力，並不是天生就無所不能……」

這一瞬間——

我產生了「喀」地踩到了某種東西的錯覺。

而在察覺到這股回饋力道的瞬間，早已覆水難收。

三雨的話聲蘊含著壓抑的壓力。

「……你的意思是，咱就沒努力過嗎？」

「我、我不是那個意思！」

她把手搭在沙發上，將身子朝我探了過來，目光如刃，直抵我的面孔。

「她還在讀高中就已經是職業人士，甚至還登上時裝秀，在眾人口中蔚為話題——真的很了不起呢！這種人在音樂界裡同樣俯拾皆是，就連慣性也不例外。咱卻連一個小小的文化祭都沒辦法好好表現，甚至發不出不讓別人感到刺耳的正常聲音！」

她的話聲像是加了碳酸的飲料似的，產生一個又一個的泡泡。她每說一句話，這些上浮的小巧泡泡就會迸裂開來。

「妳不用這麼焦急啦，不用把文化祭看得這麼嚴重……」

而我即使想蓋住杯口，泡沫依舊不斷膨脹著。

甚至像是沸騰似的劇烈起泡。

「那可不行！咱已經沒時間了！」

「為什麼啊？衣緒花和我說過，她一開始也是走得跌跌撞撞啊。妳不用這麼心急，只要慢慢地改變自己——」

「小衣緒花小衣緒花的！你為什麼滿嘴都是她啦？」

「妳冷靜點，先提出這個話題的不是三雨嗎？說起來，這和衣緒花根本無關……」

待有所察覺之際，我已經被逼到牆角。

匍匐在沙發上的三雨近在眼前。

「因為……因為……咱……」

仔細想想，我應該要更早察覺才對。

搖滾樂。

從未參加過的文化祭。

從未試過在觀眾面前演奏。

投向衣緒花的情緒。

唱不出口的歌聲。

以及——我之所以待在這裡的理由。

「當然是因為咱……喜歡有葉啊！」

包廂充斥著一陣寂靜。

崩潰的情緒宛如洪水一般。

將遠處的歌聲和喧鬧沖到了彼方。

我聽到帽子落地的輕響，她頭上的長耳隨之顯現。

三雨的眼裡——果然仍映著我的身影。

「咦……」

我發出了不成聲的回應。這句話像是開關似的，讓三雨的表情突然恢復理智。她急忙向後抽退身子、轉過臉龐，舉起一隻手用力揮舞。

「啊……抱歉！剛才的不算！不算！」

「等、等一下，就算妳想說那不算數……」

她慌張失措的態度成了決定性的證據。這已經不是能用聽錯或是沒聽到含混帶過的事實了。

三雨用雙手掩著臉龐，低垂了脖子。

「啊——真是的，咱好想死……為什麼要講出來啦……就算要說……也不該像這樣一時激動……應該要更有氣氛點……」

我不禁確認了起來。

「……那是……真的嗎？」

「是真的……」

「什、什麼時候開始的？」

三雨握拳擦了擦雙眼，在瞥開視線的同時斷斷續續地開口：

「……那個……咱不曉得你還記不記得……咱的吉他不是有次差點摔在地上嗎？」

「我還記得啊。是四月初的事吧？」

「從那時候開始，咱就喜歡你了……」

從那時候開始。

這是我從未預料到的──帶有重量的話語。

迄今堆疊起來的一切被捲入渦流之中，重新浮上心頭。

這一切經歷都被重新賦予了意義。

「有葉救了咱的吉他時，咱真的很開心……在那之後，有葉明明對搖滾一點也不感興趣，卻還是願意聽咱的話，形成了咱們的相處模式。一直以來，願意好好聽咱說話的，就只有有葉一個人而已……長時間這樣相處下來……當然會……喜歡上你呀……」

她愈講音量愈低，幾乎細不可聞，但清晰的咬字與音量的大小恰成對比，讓我感受到三雨強烈的意志。

「老實說，咱是想約有葉去看演唱會，所以才會很久以前就先買好票了。不過因為小衣緒花出了大事，所以咱一直不敢開口……」

「抱歉，我有點不知道該說什麼……」

我甚至不曉得這句抱歉是在針對哪件事。

然而，我為什麼會有這樣的反應？

在我詞窮之際，三雨拉近了和我之間的距離。

「有葉，你喜歡咱嗎？」

「呃……」

我不禁支吾其詞。腦子裡一陣翻湧，讓我什麼都無法思考。

「咱知道喔，有葉其實喜歡小衣緒花吧？」

「才沒……」

這個名字所帶來的聲響，就像是在腦海中倒入一片沙子似的，在堆疊著重量的同時，逐漸支配著我的思緒。

衣緒花。

於是，我這麼思索了起來。

難道說，我真的喜歡衣緒花嗎？

不過——

我一直和三雨在一起。我們每天都在學校碰面，聊些無關緊要的話題。每當想起學校的生活，耳邊總是會傳來她講話的聲音。

我抱持著想珍惜三雨的想法，這是千真萬確的。雖然很抗拒繼續頂著驅魔師的頭銜，但要是打從一開始就知道這次的受害者是三雨，我應該會答應得更加爽快吧。而我現在也是以驅魔師的身分待在她身旁。

不對，是我錯了。

有這種想法的，只有我而已。

三雨一直——

是抱持著有心上人相陪的心情，度過這一天的。

而我則對此一無所知。

我那模稜兩可的沉默，似乎被三雨當成了答案。

「……這也是當然的吧，畢竟大家都喜歡小衣緒花呀。被咱這種人告白，應該只會徒增困擾……因為不會有人喜歡咱嘛。」

「三雨……」

我說不出話來。我無法同意，也無法否定她的話語。不過眼前的三雨和不在此地的衣緒花，正依序折磨著我的心靈。宛如內臟被拽出身體的痛楚，爬遍了我的全身上下。

「所以，咱想成為有葉會喜歡的咱。想變得像小衣緒花那樣帥氣。咱想踏上舞台，做出無懈可擊的表演……然後……」

「妳就算不這麼勉強自己，我也……」

「你也？有葉，你是怎麼想呢？你會變得喜歡上咱嗎？」

「這……」

「欸，和咱接吻吧。」

我下意識地反駁，隨即挨了一記出乎意料的反擊。

我就像隻心臟被射穿的鹿，血流不止又虛弱不堪。

「你和小衣緒花接吻過了嗎？」

「哪可能親過啊！」

「那就和咱親吧。」

「不、不可以啦。」

面對逼迫而至的三雨，我伸出雙手將她推了回去。她長長的耳朵一晃，那對像是在求助般的瞳眸，將我逼入了絕境。

「那麼，咱究竟要怎麼做，你才會喜歡上咱呢？咱還能做什麼？接吻還不夠嗎？只要是有葉想做的事，咱都可以滿足你喔。」

「這樣不行啦！」

「為什麼不行？如果不喜歡在這裡，那要在咱的家，或是在有葉的家做都可以喔。還是說……咱這副兔子的樣貌，讓你覺得很噁心？」

「我不是那個意思？」

「咱不覺得有什麼不可以的，因為咱──喜歡有葉呀。」

仔細想想，我應該能很輕易地給出答案才對。

「我也許喜歡著三雨」這樣的想法，在我的內心難以抹滅地存在著。

我們共度的時光不曾出現過摩擦，聽她開口也別有樂趣。

我雖然始終無法釐清那樣的情緒，但戀愛的開端，或許正是由此而來。接受告白、察覺自己的心意、接吻，以及做更進一步的事——各種交往後的情境浮上了我的心頭。我若是就此點頭的話，那些想像很快便會成真了吧。這並非為了發洩我那不為人知的慾望，而是要讓累積已久的正向羈絆開花結果，迎向最好的結局。

三雨是這麼希望的。

那恐怕是相當迫切的願望。

而我能夠實現她的心願。

既然如此，我豈不是該實現她的願望？

想到這裡，我忽然有所察覺。

我這下明白了。

「……三雨，那個……該不會……妳的……」

「嗯，咱現在也發現了。咱想應該就是那樣沒錯。」

驅除惡魔的唯一方法。

理應協助實現的願望是——

「有葉，請和咱……交往吧。」

第5章 傑克丹尼與秀蘭鄧波爾

AOHAL DEVIL

這天晚上，我來到了一間酒吧。

所謂的酒吧，是指喝酒的那種店鋪。對方指定的店鋪位於車站附近，從店外完全看不見內部的裝潢。我在鼓起勇氣推開店門之前，還在附近打轉了好一陣子。

當我好不容易推開褐色的店門走入其中後，內部的光景和我想像的相同，是個與畫作描繪的如出一轍的酒吧……不對，說起來，我其實也只看過畫作裡的酒吧而已。吧台前排列著座位，繫著領結的男子則站在吧台後方，應該就是所謂的酒保吧。如果不是坐在吧台座位的佐伊姊立即打了聲招呼，我搞不好會就這麼調轉腳步、落荒而逃。

「嗨嗨，這裡這裡。你就坐這吧。」

我遵照著佐伊姊催促的手勢，坐到她隔壁的吧台座位。我笨拙地坐上高腳椅子，在感受到自己格格不入的同時，不斷地左右張望著。

「呃，佐伊姊，妳很常來這種地方嗎？」

「嗯——偶爾為之吧。我有時也會想攝取乙醇這種合法的鎮靜藥物呢。不僅如此，還能品嚐到充滿文化氣息的高雅滋味，你不覺得這很美妙嗎？」

我朝著佐伊姊的手邊看去，只見桌上放著一只八角型的廣口玻璃矮杯。裡頭盛有琥珀色的液體，上頭還漂浮著不知如何製成的圓型冰塊。旁邊的小盤子裡裝著撒著褐色粉末的骰子狀食物，大概是巧克力吧？雖然不覺得這種食物適合配酒，但也可能只是我的主觀看法。她點的或許也是偏甜的酒才對？映入視野的全都是陌生的事物，讓我緊張不已。

「不，我其實不太懂啊。進這種店沒問題嗎？我還未成年喔。」

「咦？你打算點酒來喝嗎？雖說不被抓包就沒事，但我不建議就是了。」

「我想問的是，妳該不會要叫我喝酒吧？」

「哈，你問這什麼蠢問題？我可是老師喔？」

「就各種表現來說，我都沒辦法相信妳。」

「好啦好啦，點些喜歡的東西吧。我今天會表現得像個成熟的大人——或者說是作為妳姊姊的朋友，向心懷煩惱的小弟請客一番的。」

她這麼說著，將菜單遞給我。我翻開厚重的黑色封面，上頭寫的盡是文字，一張照片也沒有，讓我看得眼花撩亂。

「這種時候該點什麼菜單才上道？」

「食物的話……我想想，就讓我隨便點些招牌菜吧。我是知道你沒有會過敏的食物，不過有不喜歡的嗎？」

「沒有，我什麼都吃。」

「軟性飲料就只有這幾種喔。」

「嗯……我什麼都行，可以幫我點嗎？」

佐伊姊輕輕地聳了聳肩，以不至於被周遭的噪音淹沒，卻又不過於嘹亮的巧妙音量向酒保點單。

「……謝謝妳。」

「哦，你今天倒是挺坦率的嘛。」

她舉著酒杯啜飲，以輕鬆的口吻調侃道。浮在酒杯裡的冰塊緩緩地旋轉，從液體裡探出的冰塊表面反射出複雜的光芒。

我平時只看過她邊吃零食邊玩電動的模樣，但看到她現在的舉止，終究還是得承認她確實是個成年人。

「這個嘛……畢竟是我找佐伊姊見面的。」

「居然邀年長的女性在酒吧見面，小弟也挺有一手的嘛。」

「不不，是佐伊姊決定地點的吧！妳該不會已經醉了吧？」

「嗯——其實我的酒量非常差呢。但因為喜歡烈酒的滋味，我每次都很快就會喝醉。夜見子也常常笑我酒量很差勁喔。」

佐伊姊這麼笑著，再次喝了口酒。由於店裡採用的是暖色系的燈光，所以我原本沒有發現，但經她這麼一說，我總算察覺到她的臉龐似乎已經泛紅了。

「姊姊她……」

「……抱歉抱歉，不是有意扯開話題。我會好好聽你說的。」

佐伊姊說到這裡，酒保將飲料遞到我面前。我無言地對他點頭致意，但酒保只是和我對上視線，什麼話都沒說。細長型的玻璃杯裡注滿了亮紅色的液體，杯緣還以柳橙薄片作為裝飾。

「這是……什麼啊？」

「喝看看吧。」

「真的不是酒嗎？」

「就說不是了。」

我戰戰兢兢地喝了一口，隨即感受到一股奇妙的香氣。感覺得到碳酸的刺激感，所以並非普通的果汁，卻能品嚐到水果的甜味，是我從未體驗過的味道。

「……真好喝。」

「對吧？就算沒加酒精，也還是有好喝的飲料喔。」

「所以說，到底發生了什麼事？」

「呃……」

我的嘴巴鬆開了吸管，依序說明起迄今發生過的事。

像是和衣緒花產生了若有似無的隔閡、不曉得該如何和她相處、一直沒能聯絡她、和三雨出遊，甚至被她告白。

考慮到某些細節可能會和惡魔有關，我便一股腦地全說了——但我也知道，這只是自己找的藉口罷了。

我一個人已經應付不了這些狀況，已然陷入一陣混亂。若再不找個信得過的人好好商量一番，總覺得自己會變得四分五裂。

沒錯，就這方面來說，我想自己是信得過佐伊姊的。

佐伊姊靜靜地聆聽著我的話語。偶爾會端起酒杯，但只會啜飲少許，看起來甚至不曾減少過。

要講完這段來龍去脈，似乎得花上不少時間。原本由巧克力堆成的金字塔，如今已經變矮了不少。

「……原來如此，三雨同學的願望是想和你交往啊。」

佐伊姊像是在整理腦袋裡的思緒一般，以指尖撥轉著酒杯裡的浮冰。

我感覺像是被那顆冰塊給堵住了喉頭似的。交往——再次聽到這個詞彙被說出口，我登時感受到一股難以言喻的不適感。

「所以你是怎麼回答的？」

「我說要考慮一下……」

「就沒當場推倒她這點來說，我姑且誇讚你的定力不錯吧。」

「推倒……我才不會那樣做呢！」

「畢竟卡拉ＯＫ的包廂大多設有監視錄影機嘛，可別輸給赤裸裸的慾望啦。」

「就說不會做了！」

佐伊姊發出了夾雜嘆息的輕笑，隨即轉為嚴肅的表情。

「不過她的願望倒是還算尋常。所謂的戀愛，可說是不盡人意的表率呢。這是從遙遠的往昔開始，就有無數人許過的願望喔，也能藉此大致過濾出與之相關的惡魔種類。大概是13號、15號……另外就是34號吧。」

「但我記得好像沒有兔子外觀的惡魔啊……」

「你這不是做了很多功課嗎？真不愧是我的徒弟。不過轉化過後的野獸外觀並非一種現象，而是從被附身者衍伸而來的狀態，所以不見得會和那些常見的文獻記載一致。不過有些惡魔會比較容易和特定的慾望產生聯繫，在這種狀況下，我們就能以動物的外貌反向推測——像是菲尼克斯或是歐賽等。只不過這次的案例未免太好懂了一點。」

「什麼意思？」

我這麼一問，佐伊姊便說出不得了的內容：

「兔子是多產和豐收的象徵。和其他的動物不同，牠們一年四季都是發情期，也隨時都能懷孕。你應該也知道所謂的兔女郎吧？」

「……早知道就不問了。」

「哈哈，要是不敢正眼面對這種小事，可就沒辦法驅魔啦。無論慾望的種類為何，它都是確實存在的。愈是有這種挑三揀四的癖性，就愈是容易成為惡魔的獵物。」

就在佐伊姊說到這裡之際，酒保將一個盤子端上吧台。這道菜連我都認得——是披薩。披薩上頭滿是白色的起司，有些地方還滲出泛藍之色。

由於講了不少話，加上認真聆聽的佐伊姊讓我稍感放心，我的肚子突然餓了起來。說起來，我今天還沒吃晚餐呢。我正要伸手去拿，卻被佐伊姊制止了。

「先別吃，停下。」

「咦？為什麼？」

「要加這個。」

佐伊姊舉起一個能用指尖拎起的小小牛奶壺。我剛才沒注意到，大概是和餐點一起上桌的吧。她從披薩的上方一倒，一道金色的濃稠液體便漂浮在起司上頭。

「這是蜂蜜。好啦，可以吃了。」

雖然覺得自己像是被當成小狗，但食慾終究還是壓過了抗議的念頭。我小心翼翼地不讓上頭的餡料落下，拿起切片的披薩送入嘴裡，率先感受到一股甜味，隨後傳來了披薩的鹹味，附有彈性的起司也散發出獨特的香味。

「我第一次吃到這種披薩。」

「戈貢佐拉起司披薩不是多罕見的食物吧？」

佐伊姊將披薩片摺疊起來，在靈巧地咀嚼的同時笑著說道。

「因為在家裡沒辦法做啊。」

我這麼一說，她的臉上便閃過一絲驚訝的表情。佐伊姊隨即露出了有些傷悲的微笑，用指尖擦去嘴邊的碎屑。

「啊，這樣啊。小弟的生活習慣是這樣沒錯呢……」

自從姊姊失蹤之後，我就幾乎沒有在外用餐的記憶了。我們家原本就很少外食，我也繼承了這樣的習慣。我之所以能瞭解到這個世界上充斥著各式各樣的食物和飲品，都得拜衣緒花拉著我到處跑之賜。

「……言歸正傳吧。我明白始末了，但你又打算怎麼做？」

「我就是因為不曉得，才會找妳商量啊。」

不過佐伊姊只是用手指將垂落的起司撈回餅皮上頭，以隨興的口吻說道：

「和她交往不就得了？」

「妳倒是講得很輕鬆嘛？」

「但我又沒說錯。既然都明白她的願望，只要協助實現即可。事情不就是這麼簡單嗎？」

「不，可是……」

我一時之間無從反駁。

為了驅除三雨的惡魔，我勢必得和她交往不可。

三雨雖然對自己沒什麼自信，但她擁有我所沒有的許多東西。儘管我不是很想承認，但我

——應該是有對她抱持性慾的。她在卡拉ＯＫ的包廂裡湊上身子時，我其實也不是全無反應。

我覺得和三雨交往並不是一件壞事。

若是答應了她的要求，我的生活會有什麼變化嗎？我會和三雨碰面，天南地北地聊天，衣緒花和蘿茲也會參與其中——那不是和迄今沒什麼兩樣嗎？如果這麼做就能驅除惡魔，那不就能皆大歡喜地收場嗎？

……不，並非如此。這種解決的方式是有問題的。

若是答應了三雨，便等同於**只**答應了她的要求。我知道三雨對衣緒花抱持著複雜的情緒，如果我今後不能只注視著三雨，她肯定會感到受傷吧。

然而，我已經和衣緒花約好了。我承諾過，我會一直注視著她。我不打算違背這項承諾。

身為驅魔師的我，必須驅除三雨身上的惡魔。但與此同時，我也必須遵守和衣緒花訂下的承諾。

不過如果衣緒花並不希望如此，我又該怎麼辦？當時的她或許是基於對於惡魔的恐懼才許下約定，然而如今惡魔已被封印，她豈不是沒了需要約定的理由？之所以摘下髮夾，不也是想對我釋出不再需要**標記**的訊息嗎？

我愈是深入思考，就愈是一頭霧水。打從一開始，這件事就沒有最好的答案。

這與答案的好壞無關，問題出在我的心情。

我對三雨和衣緒花投注的感情，都不是消極負面的情緒。我尊敬著她們，同時受到她們吸引。若是換個方式來說，也可以說是我對她們抱持著好感吧。
不過相較於我對於姊姊，或是對於佐伊姊所抱持的好感，兩者之間又有著什麼樣的差異呢？
究竟要處在什麼樣的狀態下……
才能稱作是喜歡上了一個人？
「……佐伊姊，妳有喜歡過別人嗎？」
「真是個好問題。有啊。」
我下定決心提出的問題，被她以意外輕鬆的語氣回應，讓我為之一愣。
「妳也回答得太爽快了吧！」
「我也曾度過一段青春，這是理所當然的事吧？」
「方便說一下詳細的內容嗎？」
佐伊姊靜靜地嘆了口氣，用手指輕撫著玻璃杯上的水珠。
「那是我讀大學時的事了。當時的我曾想過，我可以為那個人去死。」
「好、好厲害啊。」
「瀕死倒在火場裡的你可沒資格講這種話。」
那不一樣——我在內心反駁著。
是因為當時的我不得不這麼做。是我身為驅魔師，衣緒花遭到惡魔附身的關係。
這和我喜不喜歡衣緒花無關——理應是沒有關係的。

「這段戀情……有開花結果嗎？」

聽到我的問題，佐伊姊柔和地笑了。

「這得看『開花結果』的定義呢。有些案例是沒有結合卻依然開出了花，也有等到花落之後才終於結出的果實。以我的狀況來說，應該是留下了深藏地底、伺機發芽的種子吧。」

「我……聽不太懂。」

「我要說的是，答案並不是只有一個，可能性之門是為你敞開的。但作為代價，我們總是會被追究做出選擇之後的責任。這樣的苛責是嚴厲且無情的。」

我雖然試著思考，卻仍覺得過於艱澀。老實說，我很難說完全聽懂了她的意思。

不過我終究接受了她的說法，並轉化為這樣的認知——

我必須自己做出選擇，並為結果負起責任。

就在反芻著這樣的話語時，我脫口說出浮上心頭的疑問。

「姊姊她……也經歷過這樣的青春嗎？」

佐伊姊先是露出了有些驚訝的表情，隨即瞇細了雙眼。

「夜見子啊……夜見子與戀愛無緣喔。因為她深愛著令尊、令堂還有你啊。沒有任何人能夠介入她和你們之間的關係。」

她的雙眼像是投向了遠方。

在佐伊姊的視野之中，究竟映出了什麼樣的回憶呢？

每次聊到和姊姊有關的話題，佐伊姊總是會將視線投向遠處。

我其實也不是很明白兩人之間究竟是什麼樣的關係。

能夠篤定的，唯有兩人在大學時參加了同一間研究會。

我也是過了很久，才知道那個研究會做的是和惡魔有關的研究。

不過我隱約記得，姊姊每次和佐伊姊待在一起時，都會露出樂在其中的笑容。

她們也曾在這樣的酒吧裡把酒言歡嗎？

姊姊她……

究竟去了哪裡呢？

下一瞬間，佐伊姊將手一伸，輕輕地抱住了我。

「佐、佐伊姊，妳怎麼了！？」

我雖然在驚訝之餘試圖掙扎，但感覺太過用力就會從椅子上摔下來，於是很快便放棄了。

佐伊姊身上有股糖果般的甜甜香氣。

「小弟，你和夜見子很像——尤其是什麼事都想獨自解決這點。」

我感覺得到全身的力氣逐漸放鬆了下來。

姊姊，我唯一僅存的家人。

「……她究竟去了哪裡啊？」

「既然夜見子說有必須做的事，想必確有其事吧。我已經用盡了手段去找，一定能找到她的。」

「是這樣嗎……」

我說不定露出了感到不安的表情。佐伊姊放開我，將雙手搭在我的肩上，這麼說道：

「就算她不在了，你也不是孤單一人。你要好好記住這件事。」

啊——對啊。

這個人雖然乍看之下是個邋遢至極的大人……

但在姊姊失蹤之後，她就一直像這樣關照著我。

只不過和我內心浮現的感慨相反——不對，也許是明知故犯吧，只見她露出賊兮兮的笑容。

「好啦，小弟，有變得喜歡上我了嗎？」

「哪可能啊！」

「哎呀，我明明長得漂亮、胸部又大，況且還是你姊姊的朋友啊？」

「和姊姊的朋友無關吧？」

「呵呵，說得像是長相和胸部就有關似的。」

「我不是那個意思啦！」

「嗯——看起來似乎不討厭啊。怎樣，要試著和我共度春宵嗎？」

聽到佐伊姊這麼說，我頓時瞥開目光。不過這種調侃對我來說早就是家常便飯了。

「妳上次也是這麼邀我，結果強迫我陪妳打了一整晚的電動啊。」

「哈哈，小弟記得真清楚。」

佐伊姊露出了愉快的笑容，拿起剩下的披薩，用指尖靈活地把披薩疊了起來，三兩下就吃了個乾淨。

「總之，這就是答案嘍。」

「什麼答案？」

「要是只顧著看女孩子的長相和胸部，就會漏看重要的東西喔。」

「妳喝醉了吧？」

「沒你醉得嚴重呢。」

佐伊姊舉起酒杯，圓滾滾的冰塊隨即發出了「哐啷」的聲響。

過了幾秒後，我才發現披薩已經一片也不剩了。

第6章 想在一起的對象，是妳

在那之後過了一個星期——

時間像是凍結了一般，完全沒有任何進展。

三雨在那天之後就沒有來上學，衣緒花也一樣。阿海學長曾經來班上找我打聽狀況，但我只能含糊其詞地說：「三雨的身體狀況不太好。」而他雖然嘮叨了幾句，卻也乖乖地打退堂鼓。蘿茲似乎同樣忙於自己的模特兒事業，沒空來找我們串門子。

這陣寂靜給了我思考的時間。

儘管佐伊姊依舊是老樣子，沒給我什麼具體的建議，但光是找她傾訴，就讓我有了整頓心思的餘力。只不過愈是釐清問題，就愈難找出正確的答案。

照理來說，這應該是與惡魔無關的問題。但事已至此，便不能視為兩碼事了。

我其實隨時都能驅除她的惡魔，只要掏出手機，對她說一句：「那今後就多多指教了。」便能完成這次的任務。

我知道這樣做有違心意。儘管如此，我若是不回應她的心意，惡魔就會繼續附在三雨身上——這樣的事實讓我感到心頭一沉。要是對三雨表示：「我們還是繼續當朋友吧。」就等於宣告她要繼續與惡魔為伍。

與此同時，我不得不將衣緒花也列入思考的項目。

我無法拋開對她抱持著憧憬之情的思緒，覺得她很漂亮的念頭也是一樣。

說不定，我只是喜歡待在漂亮的女生的身邊？我是不是因為成了事業有成的模特兒跟班，就有了無所不能的安心感？若是惡魔沒有附身在衣緒花身上，她應該就不會多看我一眼了吧。我打著驅魔師的名號，抓準她的弱點趁虛而入，硬是讓空蕩蕩的自己嵌入其中。我無法斷定自己從未動過這般卑鄙的念頭。如果這樣的想法屬實，那我倆保持著距離的現況，對她來說或許是一件好事。

不管思考再多次，癥結還是會在同一處打轉。

如果沒有被惡魔附身，我會願意和三雨交往嗎？

如果沒有驅除惡魔，衣緒花會願意讓我陪伴嗎？

而在想到這一點的時候——

我就失去了喜歡別人的資格。

在一再重複的景象之中，我只是呆站在地。

宛如誤入深邃森林的綿羊一般。

「我等你很久嘍，有葉同學。」

所以在被這聲嗓音搭話的時候，我嚇得心臟差點都要跳出來了。

現在正是我平時準備離開學校的時間。隨著那聽得熟悉——卻讓人感到有些懷念的聲音傳來，她從柱子的陰影處現身。

「衣、衣緒花？妳怎麼了？」

「沒什麼，只是一直在等有葉同學罷了。」

說著，她展露出柔和的微笑，一如以往的樣貌讓我感到一陣安心。至少這代表她沒有打算就此和我劃清界線的意思。

「妳可以聯絡我一聲啊……我很擔心妳啊。聽說妳也暫時不接工作了。」

她穿的並非制服，而是休閒風格的便服。換句話說，她今天並沒有來上學，不知為何卻仍特地跑了一趟學校，等待我放學離校。

「是、是呀，就是這麼回事。其實呢，我有話要向有葉同學說。」

「什、什麼話？」

衣緒花像是在跳躍似的跨出了一大步，驀地湊到我身邊，這樣的動作出乎我的意料之外。在我還沒反應過來的當下，她便伸手搭住我的肩膀。

伴隨著吐息，她在我的耳邊這麼說道：

「這個星期天，我們要不要一起出去玩呀？」

我懷著難以置信的心情，朝著衣緒花看去。

而抽開身子的她則是嘻嘻一笑。

「啊、呃……我之前傳給妳的訊息，妳都有看嗎……？」
「傳給我的……訊息？」
「嗯，我想和妳一起出去玩，然後……算是傳了訊息邀妳吧？」
一瞬間，我竄過了一道稍縱即逝的緊張感，像是被靜電電到一般，是一瞬間的痛楚。
「那是在邀我約會嗎？」
「嗚、嗯……算是讓妳放鬆一下吧？」
「這樣呀……抱歉，其實我手機的狀況不太好。不過我一直很想和有葉同學一起出去玩呢。既然如此，代表我們想的是同一件事嘍？」
「也是呢……」
她的眼裡搖曳著複雜的情緒。不過我光是壓抑自己的心思就已經用盡全力，只能給出模糊的回答。
我感到非常開心，原來自己擔心的事情全都是杞人憂天，她還是願意像這樣重新對我展露笑容。衣緒花肯定只是累了，在暫停工作後又恢復成原本的樣子。而她在休假的期間，選擇我作為陪伴她的對象，就是這麼回事。
然而，逐漸浮現的喜悅之情，卻被由心虛所形成的沉重鎖鍊給綁住。鎖鍊的另一頭繫著三雨
——不對，是附身在三雨身上的惡魔。
「有葉同學。」

「什、什麼事？」

「你最近有沒有遇到什麼怪事？」

總覺得衣緒花的雙眼綻放著精光，那是能看透一切的眼神。

我說謊的本事總是不太高明。

即便如此——

「沒事，我什麼狀況都沒遇上，妳放心。」

三雨的願望是和我交往，甚至向我告白，正在等待我的回覆——這些事我當然說不出口。就算分不清楚沉默是為了體諒三雨，抑或是為了自保，我仍不能隨便開口。

「……那麼這個週日，我們約一點在車站見面？」

「我、我知道了。」

「我很期待喔。那麼我還有事，先走嘍。」

她甜甜一笑，隨即轉過身子背對著我。

就在我凝視著她甩動長長黑髮離去的背影時，突然察覺到一件事。

老實說，那是最該確認的部分，我卻漏看了。

她今天配戴的，究竟是**哪種款式的髮夾**呢？

■

「讓你久等了。」

我再次確認髮夾款式，是在當天衣緒花於碰面地點現身之後的事。

難得地晚了十分鐘才現身的她，散發出有些不同的氛圍。

所謂的氛圍，主要是指服飾的部分。平時的她都會穿些看似樸素，卻會在不起眼之處施加小小巧思的衣服，今天她穿的卻是強調可愛氛圍的服裝。我發現自己之所以能看出這樣的差異，都要拜平時受過了服飾的相關**訓練**所賜。

「怎樣，可愛嗎？」

衣緒花像是為自己的身姿感到驕傲似的，原地轉了一圈。裙襬隨著她的旋轉而搖曳，打亂了我的思緒。

「嗯……」

我之所以回答得這麼不乾不脆——

是因為在她的頭髮上頭反射光芒的，是一枚心型髮夾。

附在髮夾上頭的金屬製小小愛心，正閃爍著耀眼的光澤。

看到她不是配戴**那個髮夾**，讓我略微感到動搖。

不過衣緒花並沒有展露出對此感到在意的態度。

「那麼，有葉同學，我們走吧。」

「要去哪裡？」

「我想看一部電影。」

說著，衣緒花牽著我的手邁出步伐。

她的動作實在是過於自然，於是我便任其擺布，跟著她前進。

這是迄今從來沒有過的互動。

衣緒花總是走在我的前方，我則是追著她的背影。不管去哪裡都是這樣。

現在我們卻並肩而行，彷彿從很久以前就是這麼做的。

我懷著一抹煎熬的心情，環顧起抵達的購物中心。

這座商業設施以電影院為中心，似乎是採用歐洲的城鎮風貌作為設計主題。我有點忘了是取材自西班牙還是義大利，但總之能看到許多色彩繽紛的平房型店舖。

在這宛如主題樂園一般的氛圍裡，我們巧妙地融入其中。我和衣緒花手牽著手，朝著電影院前進，看在他人眼裡，我們肯定就是一對情侶吧。

但就現實來說，我們的關係比看起來還要來得複雜一些。就像五顏六色的粉彩色平房只是裝飾一般，抑或像是惡魔潛伏在日常之中那般——我其實摸不透衣緒花的想法。

只不過……

仔細想想，現在的衣緒花已經不可能再被惡魔附身了。那枚髮夾如今不在此處，我也不是以驅魔師的身分赴約的。

而衣緒花也不像平時那般熱心於工作。現在的她正筆直朝著電影院前進，對無數林立的服飾店看都不看一眼。

「是這一部電影。」

正當我思考到一半之際，衣緒花打斷了我的思緒。我們抵達電影院的售票處，她所指向的海報，是時下當紅的戀愛電影。

「妳想看的是這部嗎？」

「是呀。看了戀愛電影，應該會心跳加速吧？」

「嗯……」

說到衣緒花想看的電影，我以為只會是時尚設計師的傳記電影，不然就是時尚雜誌編輯的職場甘苦談之類的。

今天的衣緒花，果然不是以模特兒的身分赴約的。

我想起清水先生說過的話。她看起來之所以有些不對勁，很有可能是因為工作壓力太大。我雖然有諸多猜測，卻又覺得不開口詢問會比較禮貌。

我就盡量平順地度過這一天吧。

就像是……進行一場平凡的約會。

衣緒花以熟練的手法操作著自動售票機的面板，在支付金錢後將票券遞給我。

「請收下。」

雖然讓她代勞讓人有點過意不去，但我還是頭一次像這樣來到電影院觀影，畢竟我當然不會一個人來這種地方。我隱約記得小時候曾和家人一起來消費過，卻想不起看的是哪部片，只記得似乎是拍給小孩子看的奇幻電影。若是將那部電影視為起點，戀愛電影還真是座落在遙遠的彼方呢。

「你要買爆米花嗎？」

「咦？」

「啊，還是說……你是不買爆米花派的？」

「不，我沒有特別抗拒啦。」

「那我就買大份的，一起分著吃吧。要喝飲料嗎？呃──像是可樂之類的？」

「呃……」

「還是說，飲料也是要買一杯分著喝？」

她淘氣地窺探著我的臉孔。

「我、我才不要一起喝！分開買吧！」

「這樣啊？我倒是不介意喔。」

如果是平時的衣緒花，我會把剛才的那段對話當成稍嫌過火的調侃之言。

但面對今天的她，我判斷不出開玩笑的界線。

我們排隊買了爆米花，用來盛裝的容器和水桶差不多大，比我預期的分量還要多出三倍左右。衣緒花將爆米花桶抱在胸前，讓她的臉蛋看起來比平時更小。

過沒多久，原本刊載著電影名稱和上映時間的液晶螢幕，此時顯示的狀態變成了「即將開演」。我跟著熟門熟路地遞票入場的衣緒花，來到最後一排的座位。

由於才剛開演，影廳裡幾乎看不到什麼人。我來到座位所在的走道後，先是在靠走道的座位入座，然後讓衣緒花坐在內側的位子。她這樣應該能看得比較清楚吧。

「呃……我付錢給妳。抱歉，都讓妳先墊了。」

「好的。謝謝你。」

就在衣緒花將托盤擱在飲料架上頭時，我這麼搭話道。衣緒花坦率地接過錢，收進錢包裡。我對她的舉動稍稍感到意外，因為她平時總是會宣稱：「這是工作，所以是我要出的經費。」堅決不肯收我的錢。看來今天對她來說果然不是工作的日子啊。

衣緒花很快就將白色的爆米花送入小巧的嘴巴，眺望著大螢幕。

我們先是愣愣地看著電影預告，沒過多久，正片就開始了。

電影的舞台是年代稍早的美國，主角分別是十五歲就以演員身分踏上演藝之路的少年，以及因為在嚴厲的家庭長大而毫無夢想、年紀稍長的少女。兩人的共同之處是都懷抱著有朝一日想脫胎換骨的心願。

很快地，兩人便一同創業，拉近了彼此的心靈距離。

我原本以為這會是一齣甜蜜的愛情故事，但和我想的不太一樣。兩人所抱持的感情不似戀愛，也不似友情——或者也可以說是兩者兼具。他們就一直維持著這樣的關係。

總覺得像是在看我自己的處境似的。

少年深信自己能以演員——或者說是以商人的身分闖出一片天，打算憑藉自己的力量劈荊斬棘。女主角則為了出人頭地而接觸各式各樣的男性，又一一與他們離別。女主角活力十足的姿態讓我感到莫名心痛，這肯定是我一直都在原地打轉的關係吧。

對我來說，我沒辦法主動做出任何選擇。

一直以來都是如此。我既沒有想做的事，也沒有願望。佐伊姊說過，從衣緒花身上離開的惡魔，並不打算視我為下一任的宿主。想必就連惡魔都對我這樣的存在感到敬謝不敏。畢竟光是「想活下去」、「肚子餓了想吃」、「累了想睡」這三者，就已經是我最為強烈的慾望了。

然而三雨並非如此。

她有喜歡的事物，分別是搖滾樂，以及——我。光是用想的就讓我感到害臊，而且我也不想承認。不過既然她都傳達了這樣的心意，那我就該好好面對才行。雖說告白本身有點……像是一時激動講出來的，但我認為她是真的懷抱著這樣的心意很長一段時間才對。

那衣緒花又是如何呢？我試著思考了一下。她熱愛著服飾，活在服飾的世界裡，並甘願奉獻自己的人生，滿腦子都是這方面的事，也為了做出成績而奮力前行。我一直看著她這樣的背影。沒錯，我看的總是她的背影。

驀地，我看向隔壁的衣緒花。

不知為何，她正叼著可樂的吸管，沉著一張臉凝視著螢幕。原本多如小山的爆米花，在不知不覺間幾乎被吃了個精光。

她果然有點不對勁。

有那麼一瞬間，我想開口向她搭話，卻還是閉上了嘴巴。還好這裡是電影院。若非如此，我可能會拋出不該問的問題，搞砸了今天的氣氛。

緩緩降溫的冷水，會因為一點小小的刺激而驟然結冰。我一直有股預感，若是用字遣詞稍有不慎，我倆的關係就可能會出現決定性的變卦。

我祈禱著電影裡的兩人能迎接美好結局，將視線挪回大螢幕上頭。

■

「是一部不錯的電影呢。」

在看完電影後，我們在商店街信步而行。我們並沒有要前往特定的目的地，也不像是在做櫥窗購物，是一段奇妙的時光。

「是啊。」

我附和著她的感想。故事裡並沒有遇到什麼大事，也沒有讓人捏一把冷汗的情節。就只是有相遇、有別離，兩人則是持續錯身而過。雖然這樣的氛圍整整延續了超過兩個小時，但意外的是，我看了並不覺得無聊。

畢竟最為要緊的是，兩人最後確實在一起了。

這讓我不禁放下心中大石。

迄今為止，我從來沒有在看電影的時候，擔憂著故事會不會以美好結局收尾。

不過衣緒花的感想讓我感到意外。因為她在觀賞時所展露的表情，實在不像是在看一部喜歡的電影。

我斟酌著用字問道：

「那個……妳有什麼特別在意的地方嗎？」

「為什麼這麼問？」

「因為妳欣賞電影時的表情不太好看。」

「哦……」

她豎起食指抵著嘴唇，將視線投向空中游移了一陣。

「不，我只是覺得很狡猾罷了。」

「哪裡狡猾了？」

「因為所謂的美好結局，終究只是對結為連理的當事人而言是這麼一回事吧？」

「什麼意思？」

「明明和那麼多人相遇又別離……你不妨代入那些感情觸礁的人們的立場想想。看在那些人的眼裡，自己明明遇到了很棒的對象，對象卻在不知不覺間從自己的身邊消失。你不覺得這很可憐嗎？」

「這個嘛，畢竟是電影嘛……」

我只能勉強露出苦笑。畢竟這個話題過於敏感，我實在沒辦法好好接話。

然而，我們聊得愈多，我就愈覺得衣緒花的狀況很不對勁。

若是平時的衣緒花，她只會對美好結局的定義一笑置之。

只要不是能接上她感興趣的話題，她就不會多作著墨。

照理來說，她是不會談論這種話題的。她是故意的嗎？還是說——

「啊，請看那個。」

驀地，衣緒花停下了腳步。她伸出纖長的食指，指向一幅我沒料想到的光景。

循著她的視線看去……

可以看到身穿婚紗的新娘。

「咦？為什麼？」

我雖然下意識地拋出問題，衣緒花卻不當一回事地回答：

「因為這裡是結婚禮堂呀。」

「是這樣啊……」

我還真不知道這裡有結婚禮堂。應該說，居然有設施把電影院和結婚禮堂擺在一起，總覺得還挺稀罕的。

我再次將視線投向身穿婚紗的女子。

在柔和的自然光照耀下，純白色的禮服在周遭的繽紛背景之中顯得格外突出。新娘看似幸福的笑容輕盈得讓人感受不到重力，感覺隨時都會飛向遠處。

新娘之所以沒有飛上天空，想必是因為身旁有新郎吧。他穿著布料厚挺的銀色燕尾服，看起來就像是騎士的盔甲。

兩人依偎著彼此，對著從低角度拍攝的攝影師展露笑容。

我們駐足了好一會兒，從遠處凝視著這對佳偶。

「新娘子看起來很幸福呢。」

衣緒花靜靜地說道。

「有葉同學，我有朝一日是不是也會結婚呢？」

這句隨之而來的話語，讓我的胸口像是被扎了把刀似的疼痛不已。

我朝著旁側看去，只見衣緒花和我四目相交，她的眼神顯露出嚴肅的氣息。

聽到她的話語，我忍不住想像了起來。

想像起衣緒花穿上婚紗的樣子。

「這……要看妳有沒有意願吧？」

我原本只是想搪塞這個話題，卻遭受來自另一個角度的回擊。

「有葉同學想結婚嗎？」

「咦……」

「想像他們那樣舉辦婚禮，宣誓愛情，居住在一起。」

「那個——」

「欸，有葉同學，你想要小孩嗎？」

待我有所察覺之際，我和衣緒花的距離正逐漸縮短。我下意識地退了半步，衣緒花則踏出了一步。

「不……我不知道啦。」

下一刻，衣緒花抓住我的手臂，將身子靠了上來。

橫亙在我們之間的冰冷空氣被擠了出去，取而代之的是她溫暖的觸感。

我看到新娘和新郎瞥向我們，正在交談些什麼。雖然不是能聽見對話的距離，但我大概想像得到他們交談的內容。我們看待這對佳偶的視線，想必也被他們用相同的眼神回敬了吧。

我們以前也是那樣的感覺呢。那兩人哪天會不會和我們一樣步入禮堂呢——

「我覺得能和喜歡的人成為家人，是一件很美妙的事呢。」

老實說，我有很多尚待釐清的想法，也得和她好好談談。

但每當我試圖思考，婚紗長長的裙襬就會拂過我的腦海，讓我的腦袋變得一片空白。

不太對勁。

但我不曉得是哪邊出了問題。

像是誤入了鏡中世界那般古怪。

會做出這樣的聯想，是因為我的腦袋已經不聽使喚了嗎？

「我說有葉同學，我已經累壞了。我能夠去有葉同學的家裡嗎？對了，也順便買一些點心過去吧——」

衣緒花驀地抽開身子和手臂，我只能毫無反抗之力地接受她的指引。

在清新的微風之中，心型的髮夾閃耀著一絲光芒。

■

「打擾了。」

對著無人的住處這麼搭話後，衣緒花便脫掉鞋子走入家中。

她像是感到很稀奇似的四處張望。或許是有些激動的關係，她脫下的鞋子就這麼隨興地擱著。我在脫鞋的同時，也幫她把鞋子好好擺正。

她小跑步地行經走廊，打開客廳的門，隨即像是來到夢之國度似的轉了個圈。

「有葉同學的家真棒！」

「會嗎？我覺得很普通啊。」

「有種讓人變得平心靜氣的氛圍呢。」
「打點裝潢是我媽媽的嗜好，不是我的手筆啦。」
我再次環視起客廳。雖然我的房間也包含在內，但這個家裡已經沒有其他人了。我雖然要她隨便找個沙發的位子坐，但衣緒花並未立即照做。
「我借一下廚房泡茶喔。」
「不，我來泡吧。剛才買的是餅乾，配紅茶就可以了吧？」
「好的。能借個盤子嗎。」
「嗯，用這個吧。」
我從餐具櫃拿出盤子。衣緒花在接過盤子之後，便待在正在煮開水的我身旁，把買來的餅乾移到盤子上頭。
之後，我將附有茶碟的紅茶杯端到客廳，衣緒花則端著餅乾過來。
當我在L字型的四人座沙發上坐下，衣緒花隨即緊緊挨在我的身旁入座。
之後，我們並肩喝著紅茶，吃著餅乾。奶油和小麥粉的樸素香氣，與奢華的柑橘香氣在口中交融。唯有咀嚼餅乾的「喀哩」聲和茶杯輕碰茶碟的聲響，被窗簾和地毯給吸收殆盡。
我們天南地北地聊著無關緊要的話題，像是今天的電影內容，以及散場後閒逛時看到的新奇店家等。
驀地，我發現沒有打開的電視螢幕，其漆黑的畫面正映著我和衣緒花的身影。

總覺得像這樣相處，真的有種一家人的感覺。

原本空蕩蕩的客廳，似乎也流入了暖洋洋的空氣。她光是坐著不動，灰色的沙發看起來就變得鮮豔幾分。

突然間，衣緒花環顧周遭，向我詢問道：

「請問，令尊和令堂什麼時候會回來呢？」

「他們不會回來了。」

「是工作的關係嗎？」

我輕輕嘆了一口氣。

「不，他們出了意外，已經死了。」

我聽到她倒抽一口氣的聲音。我盡可能地保持輕快的語氣，並留意不要投入太多感情，繼續說了下去：

「一輛衝出車道的逆向來車和我們撞了個正著。我後來聽說對方駕駛是一名相當高齡的人物。」

「怎麼會……」

「我和姊姊因為坐在後座，保住了一命。但姊姊如今失蹤了……在那之後的事，基本上和佐伊姊說過的一樣。」

「對、對不起，我真的不曉得……」

看到衣緒花臉色鐵青，我硬是擠出了笑容。

「沒事啦。應該說我也記不太得了。就連出車禍的那個瞬間，如今也只是一片模糊的記憶。這個家生活起來就像是別人的屋子似的，讓我有種很不真實的感覺。也不曉得是為什麼呢。」

「有葉同學……」

我聽到有人悲痛地呼喊著我的名字。

下一瞬間，我就被溫暖的東西包覆住了。

「有葉同學好可憐呀。但是你放心，我會陪著你，絕對不會讓你孤身一人的。」

「我……」

衣緒花那像是混雜著花香和木頭味的體香，盈滿我的全身。

我就像顆落地的石頭，總是仰望著夜晚的星空。

直到和衣緒花相遇後，我才有了改變。

她的重力牽引著我，讓我原本停滯的世界再次轉動。在不知不覺間塵封起來的陰鬱心情，也再次重獲光明。

衣緒花的心願是讓人注視著她。

在蜥蜴的引導下，我順從著她的心願，找到了她。

與此同時，我似乎也被那片火焰所照耀，獲得了溫度。

轉動的軸心、恆星的光芒、紅焰的熱度。

「欸，有葉同學，你喜歡我嗎？」

她柔軟的身軀就像是剛出爐的麵包，我用全身感受著這樣的觸感，並讓蜂蜜般的甜蜜細語流入腦袋。

然而——

究竟是為什麼呢？

我居然一點感覺也沒有。

無論是與她共處時的劇烈心跳、想落荒而逃的怯懦感，還是隱約產生的安心感，全都沒有湧現。

這樣的事實，讓我的思緒急遽地變得清晰起來。

彷彿眼淚蒸發後留下的鹽巴似的，蒸發殆盡的情緒，讓所有的記憶都轉化成名為確信的結晶。

心型髮夾在視野裡發出光芒，腦海裡飄盪著婚紗。

仔細想想，打從一開始就不對勁了。

我為什麼一直都沒有察覺到呢？

衣緒花，妳——

「……別這樣做了。」

「有葉同學？」

「抱歉。之所以會變成這樣，都是我的關係。老實說，我該更早察覺的……」

「欸，先別提那個了……」

我將雙手一伸，把她推了開來。

衣緒花凝視著我。她有著長長的秀髮、雪白的肌膚和纖細的頸項。

成為她的驅魔師之後，這樣的身影就一直烙印在我的眼裡。

不過我其實很清楚。

現在的她，只是徒有其表的另一人。

「妳——不是衣緒花。」

「你……在胡說什麼呀？」

她皺起了臉龐，雙眉之間擠出皺紋。

「我一直覺得有點奇怪。妳原本的狀況就有點不正常了，像是買了爆米花和可樂這點——對於嚴格控管飲食的衣緒花來說，這絕對不是想吃就能吃的食物。況且妳就算看了電影，也從未提過和服裝有關的話題……最重要的是，妳明明看了那場婚禮，卻沒有做出該有的反應。」

「該有的……反應？」

「妳怎麼會對婚紗隻字未提呢？」

如果是衣緒花，一定會聊起這個話題。

因為她將人生都獻給了服飾。

想結婚或是想當新娘之類的願望，或許也存在於她心中的某個角落吧。

但在目擊到那個光景的瞬間，衣緒花會率先提及的——

不會是結婚這個人生的里程碑——

而是名為婚紗的服飾話題。

「所以妳別再這麼做了。我是真的不懂，妳的願望真的就是做這種事嗎……？」

「你在說什麼呀？有葉同學不是喜歡我嗎？」

「髮夾。」

「咦？」

「那枚石頭髮夾，妳把它收到哪裡去了？」

「那、那個……我忘在……家裡……」

「妳不可能忘記，因為那是寄宿了惡魔的物品。佐伊姊也提醒過，要妳隨時帶在身邊。而且……那是我送給妳的髮夾。」

衣緒花發出了「咻」的吁聲。

「所以起初，我以為妳是刻意沒帶在身上，為的是朝我傳遞某些訊息……但並非如此。妳當然不是忘在某處，而是**未曾擁有過**。就算衣服有辦法照著雜誌選購，唯有那枚髮飾買不到一樣的款式。」

她原本紅潤的雙頰，此時正逐漸失去血色。

「……說起來，我原本還不曉得惡魔引發了什麼樣的現象對吧？」

「為、為什麼要突然聊到惡魔的事……？」

「因為我是妳的驅魔師啊。」

「這……」

「我沒說錯吧，**三雨**？」

她細長的雙眼驀地睜大……

然後笑了出來。

「哎呀——被拆穿啦。明明就只差一步了呢。」

那是極為靜謐而冰冷，宛如冬季湖面結冰層的笑容。若是不慎跌入其中，甚至能凍壞人類的心臟。

她重重地嘆了口氣，隨即深坐在沙發上。

無論是髮型還是服飾，都雨迄今的衣緒花相同。

唯有嗓音及那張臉孔和以往不同。

現在在我面前的，是頂著衣緒花外貌的——三雨。

「妳為什麼要這麼做？妳的願望和我有關，但與衣緒花沒有關係吧？妳為什麼要假扮成衣緒花？」

沒錯，這是惡魔在作祟。

雖然還不明白詳細的內容，但三雨之所以能變化為衣緒花的外貌，肯定是借用了惡魔的力量。

惡魔並非只讓三雨變成兔子的樣貌。

目前尚未查清的現象，是能夠實現願望的惡魔所扭曲的現實。

而那便是讓三雨變成衣緒花的樣貌。

但我還是不明白。

為什麼？

怎麼會？

目的為何？

「咱不懂。不過如果惡魔會實現咱的願望，那這就是咱的心願了。」

「妳說這是心願……」

「是說咱都知道了，有葉。畢竟咱明明向你告白了，你卻邀了小衣緒花出去約會呢。」

我彷彿聽見了冰塊崩裂的「霹哩」聲響。

「妳誤會了！我是在更久之前約她的，況且事出有因……」

「沒必要找藉口喔，因為有葉很開心吧？比起和咱出遊的時候，你看起來更樂在其中呢。這就是答案了喔。」

「才不是這樣！」

「對不起噢，你其實對搖滾樂一點興趣也沒有吧。咱總是在唱獨角戲，真是傻到不行。不對……不只是搖滾樂，有葉根本就對咱毫無興趣嘛。只是因為咱被惡魔附身，你又被小佐老師拜託，才會心不甘情不願地陪伴咱吧？」

「我才沒有心不甘情不願！」

「咱以為能和你一直在一起，結果你卻在不知不覺間和小衣緒花要好了起來——不過這也是當然的，咱如果是有葉也會選她，因為咱根本贏不了她呀。小衣緒花可是完美無缺的嘛。」

「三雨，妳聽我說，我並沒有——」

「沒有什麼？……啊，這樣呀，原來你還沒察覺到嗎？有葉，你和小衣緒花在一起時，與和咱在一起的時候表現得完全不同喔。和小衣緒花在一起時，你會露出咱沒見過的表情。那才不是——那才不是什麼『並沒有』呢。」

她的手指伸向我的頸項，逐一解開我襯衫的鈕釦。

我連忙抓住她的手臂。

「三雨，住手！」

「果然如此，咱是不夠格的呢。嗯，咱知道，咱一直都知道……」

她垂低的眼眸綻放出暗紅色的光芒。

那是惡魔。

惡魔從她的體內獲得了力量。

「不是這個問題——」

面對將整個身子壓上來的她，我不知為何毫無反抗之力。紅色的視線似乎正侵蝕著我的身體，我能感受到有某種東西在我的體內擴散開來。我雖然拚了命地試圖舉起手臂，卻完全動彈不得，就像是重力突然變強了好幾倍似的。思考中樞逐漸麻痺，動腦的效率變得愈來愈遲鈍。

「不要反抗喔。咱——不對，咱體內的惡魔可不曉得會幹出什麼事呢。但不要緊，為了讓有葉開心，**咱會變得不像是咱**的。」

柔軟的手掌蓋住我的眼角，讓我的視野陷入一片黑暗。

「好了，咱準備完畢啦——」

而在光明重返視野之際……

我所見到的是——

「——你這下滿意了吧？**有葉同學**？」

衣緒花微笑的身影。

她看似滿意地凝視著我，敞開了衣物。耀眼的胸口隱約可見，滑順的肩膀裸露而出。

那是衣緒花為了追求完美，一路打磨至今的身體。這副身體靠上了我毫無反擊之力的身軀，緊緊貼合。

不對。這不是衣緒花的身體，也不是三雨的身體。

是**惡魔的身體**啊。

在我這麼說服著自己的同時，**她**仍在步步相逼。

「——我想和有葉同學成為一家人。你應該很樂意吧？」

「一、一家人……」

「沒錯，我們一起住在這裡吧。啊，但你如果因為小孩出生就專心育兒，我可是會生氣的。也要好好愛著我喔……？」

「不可以……不能……做這種事……」

「沒什麼不可以吧？畢竟有葉同學喜歡我，我也喜歡有葉同學呀。大家都和喜歡的人結合在一起，就能成為幸福結局呢。我沒說錯吧？」

她的雙手攫住我的臉頰。

她閉上眼睛，湊近嘴唇，吐息輕拂而至。

「我一直很想這麼做，我一直很期盼這一刻。欸，有葉同學，對我說『喜歡妳』——」

就在這時——

用力敲門的「咚咚咚」聲響傳了過來。

「有葉同學！有葉同學！你在家嗎？請開門！」

即便被大門遮擋後的聲音有些模糊，我依舊聽見了。

而我絕對不會認錯這個聲音。

「衣、衣緒花！」

「有葉同學！你在家吧？」

「這裡很危險！不要進來！」

聽到我的聲音，敲打門板的聲響突然停了下來。

太好了，她大概有把我的話聽進去吧。我還不曉得到底發生了什麼事，可不能把衣緒花捲入其中。

「該、該怎麼辦……為什麼小衣緒花會來……」

眼前的衣緒花這麼低喃。

「但她來晚了一步呢。只要繼續做下去，咱就能成為正牌的……」

她的唇瓣再次貼近。

即使是在這麼近的距離觀看，果然還是很美麗。

她像是施展了魔法一般，誘惑著我的心靈。

我不如放棄抵抗，任由她擺布算了？

如此一來，她便能實現願望，就此驅除惡魔。

我也不需要為了尋找答案而苦惱。

只不過——

不是這樣的。

我這下終於察覺到了。

衣緒花確實很美麗。

她是受到許多人喜愛的模特兒。

她那精心打磨的肉體，能吸引所有人的目光。

但是……

我被衣緒花吸引的理由並不在此。

我——

「有葉同學！」

聽到有人呼喚，我轉頭看了過去。

只見面向庭院的落地窗外——

衣緒花就站在那兒。

我看到了那枚石頭髮夾，正在它該在的位置閃閃發光。

她就是本人。

不可能會是其他人，她就是正牌的伊藤衣緒花。

她雙手握拳，重重地搥了一下窗戶。受到衝擊的落地窗雖然晃了一下，卻也只是濺起了一點漣漪。那面透明的牆壁，依然阻絕著我和衣緒花。

「衣緒花，別過來！」

「沒錯，妳已經趕不上了！」

她在我的身上吶喊道。

而站在窗外的衣緒花——

張開握緊的拳頭，讓手掌貼上了落地窗。

這時，我發現她的手上套著一雙輕薄的黑色皮手套。

由於看不見手腳的肌膚，讓她的身子看起來成了一團黑影。

衣緒花閉上眼睛後，隨即發生了不可思議的事。

髮夾上的石頭從內側發出光芒。周遭的空氣為之晃蕩，景色也扭曲了起來。

很快地，髮夾迸出了一團小小的火苗。

火苗逐漸膨脹，先是流過了她的頭髮，隨後朝著貼著玻璃的手掌滑去。

簡直像是點燃了導火線一般。

而在火焰抵達黑色手套的瞬間，玻璃窗便傳出了「霹哩」聲響，迸出裂痕。

霹哩、霹哩——同樣的聲響此起彼落，間隔也變得更短。

不過我的視野卻突然轉了回去。她用雙手按住我的頭部，強硬地把脖子轉回原處。

另一個衣緒花的臉龐近在眼前，心型髮夾輕輕晃動著。

她的嘴唇離我更近了。

就在我感受到帶著濕度的體溫的前一瞬……

一道劇烈的聲響打破了客廳的寂靜。

冰冷的寒風吹了進來。

我轉動重獲自由的脖子，看向聲響的來源，只見玻璃窗已經碎了一地。

「怎、怎麼會……」

「什麼叫『怎麼會』？」

強風吹拂著她的頭髮。強而有力的雙腳，正支撐著她筆直的背脊和頎長的脖子。

從髮夾迸出的火焰，如今已經匯聚在她高高舉起的指尖之處，像是吐絲結蛹似的逐漸形成球狀。乍看之下，那就像是在手裡端著一顆小小的太陽似的。

「妳捫心自問吧！」

衣緒花施力一扔，火球隨即化為砲彈，將另一個衣緒花筆直地轟飛出去。

「嗚！」

命中。伴隨著渾濁的慘叫，被轟到沙發另一側的身子引發了巨大的聲響。

「有葉同學！你沒事吧！」

隨著熟悉的話聲傳來，協助我起身的是——

正看似擔心地搖動的細長雙眸。

「我、我沒事……」

「嗚嗚……」

在呻吟聲傳來的同時，我感受到有人緩緩起身的氣息，於是轉頭看去。

從沙發另一頭現身的——

是長著兔耳朵的三雨。

然而，她身體的變化不只如此。

敞開的衣服底下裸露而出的肌膚，如今已被長長的獸毛覆蓋。她的大腿變得粗壯得可怕，長長的腳掌也讓人看不清腳踝的位置，此時呈現以腳尖踮地的站姿。她長長的雙腿，正扭曲成人類關節所辦不到的形狀。她的雙手變得宛如平底鍋般大，手掌還長出肉球，更能窺見從體毛間竄出的短短爪子。

她已經變成一頭兔子怪物了。

「三雨同學，請別再這樣做了。」

然而，我的視線卻被衣緒花的背部給遮住。

因為她挺身擋在我面前，與三雨展開對峙。

「怎麼會！妳為什麼會知道咱在有葉家！」

「多虧佐伊老師及時察覺……把我救了出來。是她告訴我有葉同學家的地址，要我從這裡開始找的。」

三雨的耳朵為之一晃。

「小衣緒花，讓開。」

「不，我不讓。」

衣緒花氣勢十足地回瞪。三雨則像是在威嚇似的發出低吼。

「有葉會和我在一起的。」

「那是有葉同學希望的結果嗎？」

三雨沒有回答這個質問。

像是作為回應般，她的兩隻耳朵之間——靠近額頭的位置，冒出了某種東西。枝狀的物體叢生而出，像是樹枝般朝各種方向蜿蜒而去，看起來既像是扭曲的冰柱，又像是鐘乳石，帶有層層堆疊的堅硬質地。

若要用一個強烈的詞彙來概括的話……

那就是惡魔的角了。

真的是——兔子嗎？

那究竟是何種動物……不對，是什麼種類的惡魔？

「……小衣緒花，妳會後悔的。」

「三雨同學，會後悔的是妳喔。」

兩人隔著沙發怒目而立。

在時間像是凍結了一般的幾秒鐘後——

三雨率先有了動作。

她高高跳起，險些撞到客廳的天花板，掄起巨大的雙手朝著衣緒花砸去。

不過衣緒花豎起的手掌似乎成了某種信號，讓髮夾噴出的火焰形成護盾。

「是咱……是咱第一個！喜歡上有葉的！」

「這和順序沒關係吧！」

三雨接連朝著衣緒花出拳，烈焰則像是要打落三雨雙手似的疾噴而出。

面對兩股惡魔之力激盪的場面，我光是護住身子就已經竭盡全力。

「妳明明就是半路殺出的，居然搶走了咱的一切！」

「我什麼時候奪走過任何東西！」

「妳以為咱每天是懷抱著什麼樣的心情上學的？」

三雨大動作地向後飛退。看到她拉開了超乎意料的距離，衣緒花瞬間有些畏怯。

三雨沒放過這個破綻，長長的兔子腿像是彈簧般壓縮了起來。

「三雨！住手！」

我朝著三雨撲了過去。總之得制止她才行。我伸出手，正打算壓制住她——卻失敗了。

因為在下一瞬間，包覆著毛皮的手便倏地出現在我的眼裡。

「嗚哇！」

這一拳把我給打飛出去。我的背部先是傳來一陣衝擊，回過神來才發現臉頰正貼著地板。我又花了好幾秒鐘，才明白自己先是撞上了牆壁，隨後摔落在地。

「有葉同學？」

三雨沒放過衣緒花別開視線的這個破綻。

三雨瞇細的眼眸鎖定了衣緒花。她出手如電，把衣緒花推到客廳的矮桌上頭。慘叫聲——接著是茶杯和盤子摔破的聲響。

「小衣緒花什麼都有！不僅個子高、胸部大、腿又長、長得漂亮又有才能！大家都認識小衣緒花啊！」

「嗚……咕……」

巨大的兔子低著頭，睥睨著一臉痛苦地無法起身的衣緒花。

「變成妳之後，咱馬上就明白了。大家看咱的眼神都不一樣——光是邁步行走，大家都會回頭看咱，都會露出開朗的神情看過來。咱這才明白，原來小衣緒花一直都是生活在這樣的世界裡，和咱完全不同。咱一無所有，而且一無是處。」

三雨看似痛苦地吐出這些話語，以巨大的雙手掐住衣緒花的脖子。

她就這麼使勁一抬，將癱倒的衣緒花抓離地面。

化為兔子的三雨身軀變得極為龐大，甚至將衣緒花的雙腳給抬離地面。

「所以……所以！不要連有葉都從咱身旁奪走啦！」

「……妳要喜歡有葉同學是妳的自由。如果有葉同學願意選擇三雨同學，我也認為那不是一件壞事。不過——」

懸在空中的衣緒花拚命地擠出話語。

像是非得回應三雨的吶喊似的

「——妳真的喜歡有葉同學的話……！為什麼要做那些傷害他的事……！不僅扮成我的樣子……還想用強硬的手段侵犯他……這就是妳想為有葉同學所做的付出嗎……！」

「那、那是因為……」

那一瞬間，我看得很清楚。

衣緒花雖然無力地垂落了雙手，但在她攤開的掌心裡，正匯聚小小的火焰。

緩緩茁壯的那顆火球，就像線香煙花似的向下垂落，燒灼起三雨的腳部。

「啊……呃！」

三雨反射性地放開手，衣緒花則輕盈落地。見三雨慌張地拉開距離，衣緒花立即打直手臂，做出瞄準的動作。

「三雨同學，妳要怎麼恨我都無所謂，我已經很習慣承受他人的嫉妒和恨意了。但即便如此，如果妳打算傷害有葉同學……我說什麼也不會後退一步！」

「講、講得一副很懂的樣子……不准妳介入我和有葉之間的關係！」

「我的意思是！我會！保護他！」

三雨的雙腿用力一縮。

衣緒花的手掌迸出光芒。

兩股力量眼看就要劇烈相碰。

看著這幅光景，我思索了起來。

為什麼事情會走到這一步？

不對，這根本不需要思考。

是我的錯。

都怪我一直拖延時機。

都怪我沒有決定自己的心意。

無論是衣緒花還是三雨，都不該像這樣受到傷害。

該受到懲罰的人——是我。

所以，現在不是倒在地上的時候了。

我拚了命地撐起疼痛的身體，向蹣跚的雙腿灌注力氣。

然後——

火焰噴出。

野獸縱躍。

而我則闖進了兩者之間。

第7章　踩踏外強中乾的義大利麵

「有葉同學！太好了……你醒了呢……」

直到這麼說著的衣緒花一臉擔心地窺探我，我才明白自己失去意識過。那對細長的瞳眸泛著水光，每當眨眼，長長的睫毛便會隨之搖曳。乾澀的雙唇是她長時間待在此地的證據。

「衣緒花，妳不要緊吧？」

看到她的身影，我率先脫口說出了這句話。

「你在說什麼呀！」

「呃，可是……」

「我要不要緊一點也不重要！有葉同學你……你……！」

看到她隨時都會放聲大哭的模樣，我雖然想出言安慰，一時之間卻開不了口。

我剛剛在這裡做了些什麼事？

她為什麼會待在這裡？

記憶慢慢恢復，讓我想起自己置身的狀況。

我環顧四周，現場只能用慘烈兩字來形容——落地窗碎裂一地，部分碎屑還噴到地毯上頭，地毯上則看得見摔出裂痕的電視螢幕。矮桌的桌腳斷了，其中一根似乎還彈到遠處，舉目所見找不著下落。而我躺臥的這張沙發，幾乎可說是唯一完好無缺的家具。要是左鄰右舍打電話報案，便很難收拾眼下的狀況——這般有些脫線的煩惱掠過了我的心頭。豎耳傾聽之後，至少目前還沒聽到警笛聲。

奇妙的是，即便意識還有些朦朧，我依舊一眼就看出眼前的並非變身過的三雨，而是衣緒花本人。即使不看髮夾，我也能從表情和動作之中理解——不對，應該說是確實地感受到衣緒花獨有的存在感。

像這樣實際比較過後，我才深切地明白找人頂替自己並不是容易的事。

「好痛好痛……」

我一扭動身子，雙臂和背部便疼痛不已。看了一下身體後，我才發現自己的狀況極其糟糕。我的上衣已被脫去，雙手都被纏上繃帶。繃帶甚至包覆著我的身體，背部感受到帶有彈性的柔軟觸感。

「有葉同學，你闖入了我和三雨同學之間，但我們都來不及收手。我……灼燒了你的背部。真的很對不起。」

衣緒花頹喪地垂下臉龐，用力握緊雙手。

我朝下看去，只見地板上擱著一個繪有綠色十字的急救箱，我身上的繃帶肯定是從裡頭來的。貼在我背上的，應該是發燒時用來降溫的涼感貼布吧。由包紮的狀況來看，這俐落的手法肯定出自衣緒花之手。畢竟說到讓布料和人體結合的技術，比衣緒花更為專業的人士想必是少之又少，但我從未想過這門技術能活用在這種情況。

總之，聽到她的說明，我姑且鬆了一口氣。雖然她用掉的繃帶之多讓我有些傻眼，但傷勢其實沒有看起來那麼嚴重。況且既然衣緒花的火焰燒到我身上，便代表三雨並沒有受傷吧。這樣一來，我的雙手確實是從三雨的爪子底下守住了衣緒花。

想到這裡，我這才終於反應過來。

對了，三雨呢？

我坐起疼痛不已的身軀，轉頭張望，便看到三雨正頹坐在客廳的角落。她豎起膝蓋、垂著頸項，看不見她的臉孔。頭上長出的兩隻耳朵正一顫一顫地跳動著。

除了耳朵以外的部分，似乎都恢復成原樣了。

「那個……三雨，妳——」

我雖然不曉得該說些什麼，但仍試著向她搭話。緊接著——

「對不起。」

她一開口，眼淚便撲簌簌地落了下來。

見狀，衣緒花用力地皺起眉頭。

「為什麼是妳在哭呀！」

「對不起……對不起……！」

「不是顧著道歉就沒事了吧！講清楚一點！」

衣緒花怒氣沖沖地站起身。看到她氣勢洶洶地走向三雨，我舉起了一隻手制止了她。

「衣緒花，別這樣。」

「可是！」

「畢竟我沒事啊。」

「唔……！」

「謝謝妳的關心。不過這說起來都是我不對。況且……我還得驅除她的惡魔才行嘛。」

衣緒花露出既為難又尷尬的表情，再次坐回原本的位置。

「三雨，我需要妳告訴我。妳究竟是遇上什麼事，才會變成這樣的？」

「這……」

見三雨支吾其詞，我盡可能地展露笑容說道：

「我現在依然是妳的驅魔師。即便是現在，我仍想成為三雨的助力——想驅除妳的惡魔。」

雖然知道還有許多該坦承相告的事……

但對現在的我來說，這已經是極限了。

三雨像是感到訝異似的睜大雙眼。她再次垂下臉龐後，便斷斷續續地開了口：

「……咱啊，在不久前的某天，早上一起床……就變成了小衣緒花。」

我知道衣緒花用力抿緊雙唇，卻仍一語不發，靜靜地聆聽著。

看著她的反應，我也默默地洗耳恭聽。

「因為發生得太突然，咱真的嚇了一大跳。畢竟一照鏡子就發現自己變成小衣緒花了嘛。雖然不曉得發生了什麼事，但咱起初曾偷偷跑去外面，穿上雜誌上有出現過的服飾外出散步，其實還滿有趣的呢。」

我這才終於明白……

衣緒花給我看過的那張照片。

那並非有人刻意模仿衣緒花的打扮。

而是化身為衣緒花樣貌的三雨。

「不過咱現在知道了，是惡魔實現了咱的願望。咱雖然喜歡有葉，但有葉的身旁已經有小衣緒花了。而咱認為自己絕對贏不過小衣緒花，所以咱——」

「——想變成我的樣子是吧？」

衣緒花接續三雨的話語說道。隨著三雨點頭，她的兔耳朵也隨之輕晃。

「過了一陣子，咱開始會偷偷跑去學校。雖然起初有些戰戰兢兢，但咱都會挑小衣緒花請假的日子過去。意外的是，完全沒有人發現咱其實不是小衣緒花，於是咱就動了這樣的念頭——咱已經不想變回原來的自己了……」

「可是妳總有一天會和衣緒花本人撞個正著，這根本不是長久之計……」

「就算變成我，也不會有什麼好事喔。」

衣緒花打斷我的發言，這麼說道。

三雨環抱著自己的膝蓋，瞥開目光繼續說著：

「小衣緒花不懂啦。因為咱所沒有的東西，小衣緒花全部都有呀。咱不可愛，個子又矮，也不懂時尚打扮，更沒有才能，根本毫無長處，一點優點都沒有。咱不想再當現在的自己，想從此消失在這個世上，這樣的念頭抱持得久了……於是就……」

我知道衣緒花握緊了拳頭。她走到坐在地板上的三雨身旁，單膝跪地，雙手正不斷發抖。她的憤怒即將化為火焰，噴吐而出——

我原本是這樣認為的……

但這樣的狀況並沒有發生。

她細長的眼角滑出了一滴淚水。

像是在坡道上滾動的彈珠一般，那粒水珠滑順地劃過她的臉頰，緩緩滾落。

「這……不是什麼大不了的事。」

在我詢問她流淚的理由之前，衣緒花已經用手背擦去淚珠。薄薄的黑色手套吸收了淚水，染出了一片水漬。

「……對不起。就和小衣緒花說的一樣，這都是咱的任性妄為。咱其實並不打算傷害有葉——不對，也不打算傷害小衣緒花的……為什麼會變成這樣呢？是因為咱太笨了吧？」

三雨這麼自嘲道。

「有葉同學，你接下來有什麼打算？」

「呃……我不知道。」

對於衣緒花的質問，老實說，我只能給出這樣的答覆。

我已經十分明白三雨的心意了。

衣緒花確實遇上了危險，我也不打算避重就輕。只不過我同樣能體諒三雨的苦衷。對她來說，這可能真的是會吸引惡魔附身的迫切願望吧。我或許不該肯定三雨做過的事，卻也無法湧現否定的心情。畢竟說起來，我才是一切的罪魁禍首。

況且，就算譴責三雨的所作所為，也無法解決任何問題。

沒錯，我是三雨的驅魔師，所以就沒能驅除惡魔的這點來說，我有該負的責任。

即使到現在，我當然還是想驅除三雨身上的惡魔。然而我已經沒辦法再為她付出更多了。

因為對她來說，我就是願望本身。

我沒辦法驅除三雨的惡魔。

就在我想到這裡時，一直默默不語的衣緒花沉重地開了口：

「……由我來驅魔吧。」

「咦？」

聽到她出乎意料的話語，我不禁回問了一句，三雨也睜大雙眼。

衣緒花看著我們的反應，再次以有力的語氣宣布：

「三雨同學，我的意思是，我會驅除妳的惡魔。」

■

在那之後過了幾天。某天的放學時間——

我來到校舍的屋頂。

衣緒花表示已經做好準備，要向我公布今後的行程——把我給叫了出來。

在打開依舊故障的門扉後，刺眼的逆光隨即燒灼著我的視網膜。

而從這道光芒中現身的，是衣緒花背對著我的剪影。

她和我約好的時間是在放學後。即便是在無人駐足的地點，她的站姿依舊完美無瑕。微風正胡亂地吹拂著她的長髮。

「我等你很久了。」

衣緒花仍然背對著我，以平靜卻嘹亮的語氣說道。我無法判斷出她這句話的背後究竟蘊含著何種情緒。

驀地，我想起了和她相遇的那一天，想起了熊熊燃燒的她。

明明是沒多久以前的事，對我來說卻像是遙遠的往昔似的。

事件之後，我連忙聯繫佐伊姊，結果她只簡潔地這麼回覆：「我都知道嘍，這件事就交給衣緒花同學去辦吧。」我雖然想直闖保健室質問一番，但我想佐伊姊還是只會打迷糊仗吧。畢竟相處已久，光是從簡訊的用字，我就能看出些許端倪。

衣緒花說過，她已經和佐伊姊商量過了，想必也向佐伊姊提及要出手驅魔一事吧。

只不過她為何要這麼做？

我不是不能理解她想出面驅魔的理由。畢竟她也曾說過類似的話，況且作為曾經的當事人之一，她或許也抱持著這方面的使命感吧。畢竟衣緒花有著強烈的責任感，這也很符合她的作風

不過……

她大可和我商量一下啊。

難道說，她其實很生氣嗎？

如果很生氣，又是為了什麼？

我能想到的可能性實在是太多了，卻又覺得那些都不是真正的理由。

有種突然被拋進一片漆黑之中的感覺。

「衣緒花，妳……」

「啊、久、久等了。」

不過我的話語硬生生地被開門現身的三雨給打斷。

她低著頭，垂下視線。她姑且穿著制服，但頭上仍戴著那頂眼熟的報童帽。

「讓咱意外的是，其實就算長了耳朵也不會被人發現呢。搞不好可以繼續用這種樣子上學

呢……開玩笑的……咱現在都待在保健室就是了……」

那強顏歡笑的模樣看了教人心痛。我在她的耳邊輕聲問道：

「佐伊姊有說什麼嗎？」

「沒有耶……她只是叫咱遵照小衣緒花的指示……」

就在我們面面相覷之際——

「正是如此。」

「哇！」

「咿！」

衣緒花將臉孔湊到了我倆之間。

「三雨同學、有葉同學。從現在開始，我就是妳的驅魔師了。」

不知不覺間，衣緒花戴上了眼鏡。

我和三雨再次對看了一眼。

「她的視力不好嗎……？」

「應該只是想模仿小佐老師吧……？」

「讓我戴個眼鏡又不會怎樣！這是沒度數的啦！眼部的裝扮也是時尚的一部分！」

說著，她扶正了眼鏡。她依然戴著黑色手套。這也是用來增添驅魔師氛圍的配件之一嗎？

她清了清嗓子，開啟話題：

「我會以驅魔師的身分驅除三雨同學的惡魔。佐伊老師也已經給出許可了。既然是由我出面驅魔，妳就可以當作搭上大船——不對，是搭上無敵艦隊。」

老實說，這種舉例反而更讓人不安，但我並沒有開口。

我朝身旁一看，三雨果然也露出了相同的神情。

「衣緒花，這到底是怎麼一回事？」

「有葉同學，我必須要說，你已經是一名不及格的驅魔師了。」

在眼鏡的鏡片後方，她銳利的眼神閃爍著光芒。

「這——！」

我雖然下意識地想出言反駁，卻再也說不下去。

因為她說得一點都沒錯。

我很羨慕衣緒花和三雨，因為她們都有著自己喜歡的事物作為人生的軸心。

所以我才想成為一名驅魔師。

雖說是被指派的驅魔師，但我仍打算克盡職責，驅除惡魔。對於這份被交付的**職責**，我或許在不知不覺間產生了執著吧。

只不過最後的結果卻是一團糟。

待我回過神來，才發現自己位居願望的中心。

也因為如此，我才無計可施。

這是我——只有我絕對無法驅除的惡魔。

我不能以「為了驅除惡魔」為藉口，就此接納三雨的心意。

……不對，嚴格來說並非如此。我明明知曉三雨的願望，卻選擇不幫她實現心願。明明三雨都說了喜歡我，我卻不打算接受她的心意。即便知曉驅除惡魔的方法，卻選擇不驅除惡魔。雖然掌握了能讓她從野獸變回原型的手段，我卻不打算拯救三雨。

為什麼？

這不是因為三雨假扮成衣緒花騙我，也不是因為她試圖用蠻力侵犯我，更不是因為她傷害了我。說起來，這些都該怪罪到我身上。受傷的不是我，而是三雨。若是這麼想的話，我反而應該補償她才對。

就連我自己都沒辦法理出一個明確的解釋。

我看向衣緒花的臉龐。

不曉得她在想些什麼，又在圖謀什麼？

仔細想想，我好像很久沒有和衣緒花一對一地談話過了。

因為我開口的對象不是衣緒花，而是三雨。

明明就位於伸手可及的距離，卻讓我感到遠在天邊。

衣緒花——原來一直都是這樣的表情嗎？

這肯定不是因為眼鏡的關係。

「妳打算……怎麼擺平三雨的惡魔？」

她應聲點了點頭，卻不是望向提問的我，而是看著三雨回答道：

「三雨同學，我思考過了。」

「妳、妳請說……」

「我已經明白妳的願望了。妳喜歡有葉同學對吧？」

三雨「咿」地抽了一口氣。

「妳喜歡他吧？」

「是、是喜歡他沒錯。」

「既然如此，要驅除惡魔的方法就只有一種。」

「咦……」

「請妳**攻陷**有葉同學的心吧。」

打雷了。耳邊傳來了「轟轟」的聲響，還能感受到地面傳來的震動。

不對，這裡是屋頂，那只是我的錯覺罷了。

但這也代表著話語帶來的衝擊有多大，甚至讓我產生耳鳴。

三雨的臉龐血色全失，變得像是陰天般的灰色。她的嘴唇劇烈地震動著。

「妳……妳在胡說什麼呀！」

「佐伊老師說過，惡魔是一種概念。所以就邏輯來說，這是理所當然的結論。」

「說什麼當然……？」

「三雨同學的願望是和有葉同學交往。若想正大光明地實現這份心願，便只能讓有葉同學墜入情網了吧？只不過我不准妳變成我的模樣。在成為世界第一的模特兒之前，我是不會把自己的人生給交出去的。」

「妳提的方法太亂來了！」

「那麼，你有辦法擺平嗎？」

「這……」

「有葉同學，你能實現三雨同學的願望嗎？」

「妳說願望……妳到底知不知道自己在說什麼啊？」

「我很清楚呀。難道要我說得更明白一點嗎？」

她黑色的手抓住了我的胸口。

「我在問你，你到底有沒有打算和三雨同學交往！」

我想起了自己在屋頂上被衣緒花摔出去的那一幕。當時我的背部重重地摔到地板上，現在卻感受到了更勝一籌的痛楚。那究竟是來自心靈的疼痛，還是身體傳來的疼痛？我沒辦法好好區別。

「我……」

她放開了手。我則是搖搖晃晃地向後退了幾步。

衣緒花嘆了口宛如龍息般的氣，轉身面對三雨。

「三雨同學。」

「是、是滴！」

衣緒花離開我身邊，朝著三雨逼近。

「妳有驅除惡魔的打算嗎？」

「有、有呀！要是維持這樣……咱會很頭疼的……」

說著，她按住了自己的報童帽。帽子底下想必藏著捲成一球的長耳朵吧。

「既然如此，就請妳做好覺悟。」

「咱、咱辦不到啦！」

她在發出慘叫的同時身子一晃，報童帽就這樣落在地上。

長長的耳朵隨之現形，在半空中劃出一道弧線。

「……小衣緒花應該覺得咱很礙事吧？妳是明白咱絕對會失敗，所以想讓咱死心吧？因為妳明明也喜歡——」

「啥？」

衣緒花皺起眉頭，嗤之以鼻。

「難道說，妳以為我？喜歡有葉同學？應該不是這麼一回事吧？」

「咦……」

三雨露出了像是鴿子被豆子砸到的表情——不對，是兔子挨了一記彈額頭的表情。

「沒禮貌也該有個限度。我可是總有一天會征服世界的模特兒，哪可能會喜歡上這種一無是處的平凡人呀？」

衣緒花在講到「這種」二字時，將手指向了我。由於她依然看著三雨，我不曉得她露出了什麼樣的表情。與此同時，我也不曉得自己露出了什麼樣的臉孔。

能確定的是，我肯定露出了非常難堪的表情。

然而和眼下的事態相比，我個人的心情只是些雞毛蒜皮的小事。

「可是！有葉不是幫小衣緒花驅除惡魔了嗎？他不是救過妳嗎？」

「我當然很感謝他，但這是兩碼事。戀愛是種無聊的玩意兒，我打從一開始就不需要它喔。」

滔滔不絕的衣緒花以斬釘截鐵的口吻說道：

「因為就算喜歡上別人，也不能提升自己穿衣服的功力吧？」

「或、或許是這樣沒錯……那妳為什麼還要……」

面對三雨的提問，衣緒花先是憋住了一口氣，隨即才像是做好覺悟似的傾吐而出。

「因為我和妳是一樣的。」

「一樣……？妳在說什麼呀？」

這回輪到三雨表現得咄咄逼人了。

「咱和小衣緒花不一樣！咱沒說錯吧！」

「妳沒說錯。」

「咦……什麼意思？妳這不是自相矛盾了嗎？」

「沒錯。我剛才也說過了吧？我是總有一天會征服世界的模特兒。」

「……小衣緒花很漂亮。咱曾經化身為妳，所以對這點清楚得不得了。只不過就算外貌變成了小衣緒花的樣子……咱還是沒辦法獲得妳所展露的那種自信……」

「我或許真的是比別人走運。我在出生時獲得了健康的身體和優秀的骨架，有著不甘不願卻仍願意支持我的雙親，也有優秀的經紀人相伴，更以模特兒的身分闖出了一番事業。」

「什、什麼啦？妳怎麼突然開始炫耀了？」

「可是——」

衣緒花朝著三雨更加逼近了一步。

而三雨則是後退一步。

「——我很討厭自己。明明是易胖體質，卻喜歡吃高熱量的食物。由於個性懶散，獨居的住所總是堆滿垃圾。雖然想做的事情一大堆，但體力完全跟不上。我的個性很差，一旦遇到討厭的人就會想咒對方去死，而且又容易生氣。就連服飾方面的知識，也是愈鑽研愈覺得自己身在五里霧中，變得什麼都不明白了。每次看到被拍下的照片，我都會覺得自己和那些頂尖人士相去甚遠，想要就此消失在這個世上呢。」

嘶——衣緒花看似難受地吸了一口氣。

「儘管如此，我仍不肯放棄。就是因為我不肯死心，不斷改造著討厭的自己，才會有現在的我。如果我看起來天賦異稟——不對，如果妳有感受到類似天賦的東西，那其實只是我一路積累下來的成果罷了。我是在有幸獲得的地基上積沙成塔地努力著。即便有好幾次瀕臨坍塌，我也沒有放棄過。」

「嗚……」

長有一對長耳朵的兔子，雙眼逐漸變得通紅。

不用多久，便有大粒的淚珠滾滾落下。

「三雨同學會想依賴惡魔也是理所當然的事，因為妳一直以為自己什麼都辦不到，妳打從一開始就放棄了。」

「咱才沒有放棄——」

「那麼，妳為什麼不選擇和我正面對決呢？妳為什麼不想超越我，親手搶下有葉同學的心呢？妳為什麼會想變成我——變成**伊藤衣緒花這種女人**呢？」

衣緒花的話語嚴厲地直指三雨。

但在我看來，這些尖銳的言詞其實也劃傷了她自己。

「請不要做這種不戰而降的事。妳應該要挺身與我一戰。」

衣緒花蹲下身子，撿起報童帽。她將三雨的耳朵折疊整齊，為三雨戴上帽子。

接著，衣緒花用雙手緊緊抱住三雨。

「所以，三雨同學……妳的戀情**才剛踏上起跑線**喔。」

三雨雙手發顫。她先是緩緩舉起雙手，隨即用力地掐住衣緒花的背部。

「嗚、嗚嗚嗚嗚嗚！」

三雨將臉龐貼上衣緒花的肩膀，發出沉悶的啜泣聲。無法用憤怒或悲傷一類的詞彙簡單概括的情緒，正透過空氣傳遞到我身邊。

與此同時，我終於明白——

這確實是唯有衣緒花才辦得到的事。

照理來說，我才是該去開導三雨的那個人，畢竟我是離她最近的朋友。

但如今我對三雨來說已經不再是朋友了。面對她投來的感情，我始終不曉得該如何面對，就連此時此刻也是一樣。

衣緒花說得很對。

我沒有辦法驅除這隻惡魔。

「不過咱沒辦法變得像小衣緒花那樣漂亮呀……不對，就算成了小衣緒花，咱也是什麼也沒變。現在不管做什麼……都是白搭……」

「不，三雨同學，妳肯定有自己的一套方法才對。三雨同學為什麼敢保證自己用盡全力了呢？妳認為該怎麼做，才能將自己的心意正確地傳達出去呢？妳能斷定現在的自己已經做到無懈可擊了嗎？」

三雨抽開身子，用手輕抵嘴角。

她思考了好一會兒，衣緒花則是在一旁守望著。

過了不久，三雨抬起臉龐。

「咱……咱會試試……」

就在這時，一陣「嗡嗡」的震動聲傳了過來，我連忙看向自己的手機，三雨則是隔著口袋按著手機。然而當震動聲再次響起時，取出手機並凝視螢幕的，卻是衣緒花。

「看來時間到了呢。」

「什麼時間？」

「我其實打從一開始，就知道三雨同學會怎麼回答了。」

「妳說回答……難道……？」

「嗯，我找**幫手**來了。」

衣緒花伸手一指，只見門扉緩緩開啟。

從中探頭的人物是——

「打擾啦……」

有著遮住單邊眼睛的長長瀏海，以及能從咧開的嘴角看到尖銳虎牙的男子。

「……咦？這是怎樣？氣氛好凝重啊？」

那人是阿海學長。

■

「我向阿海學長說明了來龍去脈。」

在衣緒花的指示下，我們來到輕音樂社的社團教室。

教室裡有一股灰塵的味道，實際上也的確堆了不少灰塵，總覺得像是間倉庫似的。一組巨大的爵士鼓占據了絕大部分的空間，牆邊則是堆疊著許多看似沉重的器材。纜線在地板的各處蔓延，若要在落腳時避免踩踏，勢必得小心翼翼地行走——我原本是這樣想的，但三雨和阿海前輩都不當一回事地踩在上頭，於是我也跟著他們這麼做。所謂入境隨俗，那入社團教室自然也要隨社團嘛。

「從小衣緒花那兒聽到消息時，我可是嚇了一大跳呢。三雨，我得在各方面向妳道歉，我不知道妳居然會被那麼沉重的煩惱給逼到走頭無路。不過我還是很想讓文化祭的表演順利落幕呢。嗯。」

阿海學長依舊吊兒郎當，語氣卻比平時多了些熱度。

「呃、啊，嗯，阿海，謝謝你……？」

「為什麼要用疑問的語氣啊！」

見狀，我不禁附在衣緒花的耳邊問道：

「妳是怎麼和他說明的。」

「三雨同學因為戀愛煩惱掙扎不已，身體狀況糟糕到沒辦法上學，甚至無心練習。但為了讓這份戀情有個結局，她才願意回來練習——我是這樣說的。」

「那是什麼啦？」

聽到她侃侃而談的說明，我和三雨同時喊了出來。

「我大致上沒說錯吧？」

「正確的比例不夠高啊！」

「只要重要的部分沒講錯就行了。」

「嗚嗚……雖然很丟臉，但基本上沒說錯，所以咱也沒辦法回嘴……」

我本來想再多反駁幾句，卻還是就此打住。如果可以不用向阿海學長坦白惡魔的事，就以這樣的說法為準吧。

衣緒花一副如我所料的模樣，以老神在在的態度繼續說：

「如此這般，三雨同學，我已經想過了。如果要讓妳充滿自信，並再次傳達自己的心聲，那應該就只有**這種形式**了。」

三雨一臉愕然。

而我則是代替她反駁道：

「可是三雨……沒辦法在觀眾面前發聲……」

我想起在卡拉ＯＫ發生過的事。那時候的三雨確實只能發出沙啞的嗓音。

「我會想辦法解決的。」

「妳說想辦法……可是咱就是辦不到啦。咱迄今已經試過很多方法，但都沒辦法改善……」

「三雨同學。」

「嗚……」

衣緒花雙眼所釋出的壓力，讓三雨後退了一步。

她想傳達的意涵再明白不過了。

也就是「不許放棄」。

「我雖然不是音樂方面的專家，不過在拋頭露面這方面可是專家，說是一流人士也不為過呢。」

待我察覺之際，衣緒花已經變回了平時的暴龍模式。事已至此，那說什麼都沒辦法制止她了。

「明明在無人之處可以表現得完美無瑕，但在別人面前就會走得雙腳打結，導致台步走得無比僵硬。就算是職業模特兒，也是經常會發生這種事的。」

「那、那咱該怎麼辦！？」

「答案很簡單，這只能多加訓練了。」

「訓……練……」

「是的。三雨同學，妳有做過訓練嗎？」

「咱、咱有找老師學習過，只是……都不是很順利……」

「妳是不是覺得自己沒辦法改善，所以就半途而廢了？」

「妳、妳會讀心術嗎？」

這句話讓衣緒花的表情舒展了一些。

「我不是說過了嗎？我和三雨同學一樣喔。」

衣緒花所講的道理確實正確得毫無破綻，但我想不出這樣的點子。能讓三雨邁步向前的不是我，而是衣緒花。

況且，就算我對三雨講出這番大道理，想必也毫無說服力可言吧。

由衣緒花開口，便能讓話語充斥著力道。

理由很簡單——

因為她深信自己就是這樣一路跨越了重重難關。

而衣緒花說過，三雨和自己是一樣的。

既然如此，那她肯定也辦得到。

「說不過她啊……」

「小衣緒花真可怕……」

我和阿海學長同時嘆了口氣。若只是裝瘋賣傻，就無法享譽恐龍之王的名號了。

「不過要咱三兩下就變得像小衣緒花那樣……能在眾人面前表現得落落大方，實在是太過困難了啦……」

「那個……三雨。」

這時，阿海學長戰戰兢兢地打了岔。

「阿海……？」

「我之所以會邀妳參加文化祭，是因為我聽過妳唱歌。」

「咦？什麼時候？咱沒在阿海面前唱過歌吧？」

「妳一個人待在社團教室的時候，偶爾會自彈自唱對吧？其實啊，在教室外面也聽得見喔，我就是這樣聽到的。起初我還以為自己聽錯了呢。」

「咦？你覺得不是咱唱的嗎？」

「不是，我沒有對妳自彈自唱感到訝異。該怎麼說……只是覺得妳好像唱得超開心。只要看看妳平時的表現，就知道妳很喜歡音樂，但妳又表現得很拘謹，從來不當吉他兼主唱嘛。這判若兩人的部分讓我覺得有些困惑……哎呀，真是的！我沒辦法好好說明啦。」

他像是在掩飾害臊似的抓著遮住眼角的瀏海，繼續說了下去：

「所以我才會邀妳擔任這次的吉他兼主唱。我知道妳其實沒什麼幹勁……卻又覺得如果不邀妳，妳絕對不會主動參與。不過我用強硬的語氣邀請妳，之後又處處催促，這點我也感到抱歉。

因為我不曉得妳不來練習，以及發不出聲音的具體理由是什麼。要是早知道妳有這麼嚴重的心事，我應該就會換個方式來處理了。畢竟我很遲鈍嘛。」

「這又不是阿海的錯……」

「不，聽了你們剛才的對話，我認為確實是我的錯。之所以沒辦法讓妳好好發揮實力，我也有該負責的部分。因為我身為樂團的一員，卻沒有好好照應妳啊。」

阿海學長像是感到尷尬似的，努了努長有尖銳犬齒的嘴巴。

「不過我也會努力一把，讓我們再拚一次吧。我……那個……我是因為想和妳一起登台，才會開口邀妳的。」

衣緒花淺淺一笑，隨即重重地哼了一聲。

「三雨同學，妳這下還打算逃避嗎？」

「咱……咱本來就不想逃避！」

見狀，衣緒花強而有力地將食指伸向天空，像是宣布航線的船長似的。

「很好，妳可別忘記剛才說過的話喔。我接下來……就是妳的製作人了。」

■

三雨和阿海學長留在社團教室商量樂團的事項，我和衣緒花則先走一步。

雖說是文化祭的準備期，但校園裡相當安靜。說起來，打算擺攤或辦活動的學生本來就不多，而且他們大多會在校外準備。

我們在走廊上邁步了一會兒後，我下定決心。

若要向衣緒花問話，便只能趁現在。

因為她所展露的態度，實在有太多難以理解的部分。

「衣緒花。」

「什麼事？」

「那個……妳說要驅除惡魔，是認真的嗎？」

「那還用說？當然是認真的了。」

「可是——」

「就是因為你辦不到，我才會接手來做。請不要給些多餘的建議。」

「我不能放著妳不管啊。妳打算怎麼做？」

「我已經和佐伊老師好好商量過了。」

「我想問的就是這個。佐伊姊的態度也很古怪，妳們到底商量了些什麼？」

她的態度處處帶刺，完全不留情面，像是將焦躁的思緒化為動力似的，加快速度向前邁步。

說真的，她那超乎預期的嚴厲口吻讓我有些畏怯，只不過我也不能就此被她甩在身後。

自從那天之後，我愈是思考，便愈是沒辦法接受。

三雨的願望和我有關，所以我沒辦法為她驅魔，反而會成為礙事的存在——這我還能理解。她所需要的是好好地釋放自己的心情，最適合的手段只能透過音樂、樂團和搖滾達成。能在旁給予協助的肯定不是我，而是衣緒花。

只不過，我仍舊覺得有些古怪。

無論是佐伊姊還是衣緒花都不肯向我透露詳情，簡直緘默到可疑的地步。

我姑且也是當事人之一，不僅同樣被捲進惡魔引發的風波之中，還為此受了傷，也和願望有關。

「衣緒花，等等！」

我伸出手，試圖抓住她被黑色手套包覆的手掌。

在我觸及的瞬間，卻被她用力撢開了。

「請別碰我！髒東西！」

「為什麼……為什麼啊？妳為什麼一句話都不肯說！」

聞言，衣緒花驀地停下腳步。

「你問我為什麼……？」

她轉過身，筆直地朝我投來話語。

「那讓我反問一句——什麼都不說的是有葉同學吧？我都從佐伊老師那裡聽說了。你不僅瞞著我和三雨同學約會，最後還被頂著我外貌的三雨同學霸王硬上弓，想必很開心對吧？」

「妳覺得我那時候有表現得很開心嗎？」

「是呀，看起來很開心呢。我是不是壞了你的好事呀？是這樣吧？畢竟只要再晚一步，你就能和我**完事**了呢。你今天有什麼事？是想強暴我嗎？我很怕你，請移駕到別處吧，別跟著我。」

「我沒有那個意思！只是想和妳聊聊……」

「不巧的是，我沒有要和你聊的話題。反正你也只是看上我的外觀吧？只要是個漂亮的模特兒，你都會看上眼吧？對於你這種以貌取人的渣男，我還有什麼話好說的？你甚至沒察覺那是三雨同學假扮的，實在讓我失望透頂呢。」

她的話語像是尖刀一般，打磨得極為凌厲。但我很清楚，那聽似尖銳的音調，其實是在強忍淚水時從喉嚨迸出的嗓聲。

「不，我察覺到了。」

「……咦？」

「我確實是沒有在第一時間察覺到啦。不過在一同出遊後沒多久，我就覺得有些古怪。那時候的三雨是因為被我揭穿……才會突然發難的。」

「你、你為什麼分得出來？就算看在我眼裡，我也覺得她和我一模一樣呀……」

「我分得出來喔。因為我一直──和**衣緒花**在一起啊。」

她睜大的雙眼，滾出了一粒大顆的淚珠。

將迄今的敵意一同沖刷而去。

不過她隨即用力瞇細雙眼，握緊拳頭。

「三雨同學太可憐了，不僅被惡魔附身，還不曉得何時能解決這個問題。她成天抱持著或許得這麼過一輩子的不安，甚至希望自己能從世上消失。我比任何人都能體會她的心情，所以才會想出手相助。雖然不曉得三雨同學是怎麼想的……但我想和她成為朋友。」

「衣緒花……」

「我會為她加油，並期盼三雨同學能順利將心意傳遞給有葉同學。當然，要不要回應這份心意，就得看有葉同學了。」

我說不出話來。

我感到相當震驚，卻也只明白自己受到了打擊。

衣緒花正在為三雨加油打氣。

這樣的舉動為何會讓內心大為震盪，就連我自己也不明所以。

我只能在令人目眩的動搖之中，呆呆地站在原地。

「我們別再碰面了。」

「咦？」

「我的惡魔已經被驅除了，而三雨同學的惡魔則會由我擺平。」

「怎麼這樣……可是！」

「因為有葉同學已經不是驅魔師，也沒有其他身分了呀。」

說完，衣緒花便邁步離去。

已經不是驅魔師，也沒有其他身分。

這句話的餘音，讓我徹底動彈不得。

若是如此，我到底是什麼人呢？

自問卻無法自答的我，就這麼被獨留在原地。

在那之後，咱便和小衣緒花一起忙著樂團的事。

咱目前還是向學校請病假的狀態，所以不能一直借社團教室來用。咱們在社團附近租了間錄音室，在那裡進行練習。由於社團教室的爵士鼓相當老舊，鼓手清田開心地表示：「果然錄音室的鼓就是能敲出好聲音。」

貝斯手阿海姑且不論，看到小衣緒花突然跑來參加咱們的練習時，清田真的被嚇傻了。這也不能怪他，就算換作是咱，肯定也會嚇一大跳吧。畢竟那個伊藤衣緒花突然跑來咱們樂團，還交抱著雙臂一直盯著咱看呢。

不過清田對咱說了句：

「來練習吧。」

被素來沉默寡言的清田這麼一說，咱打直了背脊。

沒錯，咱說什麼都得做出成果。

畢竟這兩人和小衣緒花都願意助咱一臂之力。

而實際上，小衣緒花也真的很可靠。

小衣緒花真的是拋頭露面的專家，她知道秉持著何種心態進行何種練習，就能在舞台上表現得泰然自若，也懂得該如何避免失敗。她雖然說自己不懂音樂，耳朵卻非常好，尤其對漏拍的狀況特別敏感，所以也會對演奏方面提出意見，讓阿海和清田都相當吃驚。

不過眼下最該解決的問題，果然還是咱的歌聲。

咱在小衣緒花的指示下首次站在麥克風前時所發生的事，大概這一輩子都忘不掉吧。

「啊……嗚……」

一如預期地，咱發出了像是有東西塞住喉嚨的聲音。而小衣緒花則看著咱——

「三雨同學，對不起。」

「咦？」

咱還來不及問她為何道歉——

小衣緒花便重重地揍了咱的肚子一拳。

她狠狠地揮出上鉤拳，讓咱以為橫膈膜都要被打出洞了。

咱對著麥克風一陣猛咳，產生了尖銳的爆音聲響。

「妳、妳做什麼啦！」

「三雨同學，妳剛才在想什麼？」

「咦……咱在想『有點怕唱不好』之類的……」

「妳的目的是要把歌唱得很好聽嗎？」

「不、不是。」

「那妳的目的是什麼？」

「這……」

咱終究沒膽子對著麥克風說出後續的答案，畢竟阿海和清田也在聽啊。

不過小衣緒花似乎收到了咱的心思。

咱的目標，是再次向有葉傳達自己的心意。

並非像之前那樣趁亂為之，而是讓他聆聽咱鼓起渾身勇氣做出的告白。

「如果妳再想些能不能唱好之類的無聊念頭，我會再揍一拳。」

「理由姑且不論，咱實在不想挨揍啦……！」

「既然如此，妳只要想著自己該做的事就好。阿海學長、清田學長，麻煩你們再來一次。」

阿海聳了聳肩，向清田下達指示，鼓棒乾澀的聲響隨之響起。

阿海配合爵士鼓的節奏彈起貝斯，和咱的吉他重合在一起。

然後，咱唱起了歌。

咱原本以為喉嚨會和之前那樣縮成一團，讓呼吸變得困難——

卻嘹亮地唱出了歌，連自己都嚇了一大跳。

「咦……好厲害！之前不管怎麼努力，咱都唱不出來耶！」

「這沒什麼厲害的。三雨同學，這是妳本來就辦得到的事喔。」

說著，小衣緒花露出微笑。

阿海和清田也看著彼此，笑顏逐開。

像這樣的小故事還有很多很多。愈是聽從小衣緒花的建議，咱就愈為自己感到可恥。

不是為自己缺乏知識和技術感到丟臉，也不是為自己消極的思緒感到害羞。

而是咱之前先入為主地認為「小衣緒花從一開始就什麼都會」的念頭。

要是她真的天賦異稟，就不會需要克服怯場的技巧了。

她之所以精通各式各樣控管自己的方法——

代表以前的她害怕拋頭露面，也曾為此緊張和失敗。

在一連串努力之下，咱總算能把歌給唱出來了。不過雖然練習了挺多次，但只要有旁人在場，咱的歌聲多少還是會有些顫抖。儘管不曉得實際上台能不能好好發聲，和之前相比卻仍是大有長進。小衣緒花對我說過：「不要放棄。」而咱也認為這的確是金玉良言。

在正式登台之前，還有許多必須克服的大問題，其中之一便是咱的扮相。阿海曾問過咱為什麼要一直戴著帽子，咱配合佐伊老師開給咱的病假單，用輕鬆的語氣表示壓力過大所以掉了頭髮，結果讓他操心不已。阿海認為，咱之所以會背負這麼大的壓力，和他一直向咱追討進度有關。但阿海邀咱的時候，咱其實是很開心的，當時咱認為只要加把勁就能好好表演，卻事與願違。而咱在那之後更是一路逃避，所以阿海明明不需要這麼掛心的。

咱和小衣緒花商量關於扮相的事，她便承諾要為咱們張羅表演時要用的服裝。

「我會幫樂團的所有成員量身訂作，你們可要做好心理準備。」

被她這麼一說，咱雖然很期待，小衣緒花閃閃發光的雙眼卻也讓咱有點害怕。她是認真的

——小衣緒花要拿出真本事了。

最需要煩惱的問題之一，就是歌詞。

咱們總共要表演五首歌曲，其中四首是翻唱，但最後一首是阿海寫的曲子。

而咱則負責作詞。

在練習時，咱是以哼唱帶過，並在空閒時間拚了命地思索歌詞的內容。

要面對自己內心的情緒，比預期的還要困難許多。各式各樣的想法浮上心頭，在腦海裡四下打轉，最後又像是奶油般悉數融化，不曉得流到哪裡去。

咱不當一回事地聽聞過的那些搖滾樂，也都是歷經相似的過程才寫出來的嗎？

總覺得咱大部分的時間都花在更加無關緊要的瑣事上頭，還有就是唱唱歌而已。

但小衣緒花毅力十足地陪伴著咱們。當咱們在薩利亞點飲料吧的時候，她會連續陪伴咱們好幾個小時，也會守望著緊盯筆記抱頭叫苦的咱。

咱一直寫不好副歌的歌詞，於是詢問小衣緒花有沒有好方法。只不過小衣緒花靜靜地搖了搖頭。

「我唯獨在這方面幫不了忙，因為這是三雨同學必須親自出馬解決的部分。」
不過她在稍事思考後，依然半像是在自言自語似的給了建議：
「……當我苦惱之際，會盡可能地讓自己坦率以對，像是服裝設計師的想法，或是自己的直覺之類的——我會盡可能坦率地面對這些部分。所以說，妳不妨將最坦率的心思呈現出來看看？」
咱想起她一開始對咱說過的話了。
現在的目標，是好好地將咱的心意傳遞出去。
向有葉傳遞咱的想法。
「欸，小衣緒花，妳為什麼要幫咱那麼多？」
小衣緒花先是遲疑了一下，隨即笑著回答道：
「因為我——是妳的驅魔師呀。」
咱至今依舊不太明白那是什麼意思。
咱雖然已經不再會變成小衣緒花了，但既然耳朵依然暴露在外，便代表惡魔仍附身在咱身上吧。咱的內心確實懷抱著願望。即使到了這個節骨眼上，咱只要一想起有葉，胸口依舊會為之疼痛。
不過咱現在過著充實的生活，甚至願意好好地再拚上一把。
咱曾和小衣緒花用上惡魔的力量爆發衝突。也傷害了有葉的身體和心靈。

所以，咱覺得現在的想法有些厚臉皮，一直不敢好好說出口。
咱其實從來沒把小衣緒花當成一名驅魔師呢。
若說是製作人……的話，或許算是那麼一回事吧。
但咱最希望的，還是和妳成為朋友喔。

■

一直到了文化祭當天被叫出來為止，我都沒和任何人聯絡過。
不管是衣緒花還是三雨——甚至連佐伊姊也不例外。
我沒有資格去聯絡別人。
衣緒花說過，她對我失望透頂。
而我也不是三雨的驅魔師了。
即便聯絡佐伊姊，她也只會講些言不及意的話語吊我胃口。
為了逃避現實，我向蘿茲發了訊息，告訴她文化祭當天會有演唱會。但看到蘿茲純真地表達開心之情的反應，我一時之間不曉得該怎麼回話。明明是自己開的話題，卻又沒辦法好好收尾，我真的是個窩囊廢呢。
儘管如此，我依然一如往常地上學，像是什麼事都沒發生過似的。

理應看得見三雨的隔壁座位，如今卻空空蕩蕩。衣緒花也從未自隔壁班過來找我。在佐伊姊的背書下，三雨向學校請了病假，現在大概在某處練習吧。一想到樂團成員們也是蹺課奉陪，我便不禁為敝校那自由的校風感到傻眼。

一如迄今為止的生活那般，我回歸到茫然地眺望著手機螢幕的日子。

用回歸這個詞彙，聽起來像是我期盼了很久似的。

確實曾有一段時間，我似乎渴望讓一切回歸平靜。然而這樣的念頭早已飛到了九霄雲外。有衣緒花、三雨、佐伊姊和蘿茲陪伴的日子——在分道揚鑣後，我才察覺那才是自己現在的日常。

只不過這一切都已經消失無蹤了。

明明只是回到和大家相遇之前的日子，我為何會感到如此空虛呢？

一旦有了多餘的時間，我盡是在想些不愉快的事。

我想了很多很多，諸如——那個時候若是接受三雨的心意，是不是一切就能塵埃落定？到底要怎麼做，才能讓衣緒花不對我產生反感？作為驅魔師的我，究竟有沒有克盡自己驅魔的職責？

我也知道，這些問題是沒有正確答案的。

所以在文化祭當天，被三雨叫過去的時候，我的心情就像是要上斷頭台的死刑犯一樣。

校門口設置了巨大的拱門，看起來真的像是在辦什麼大型活動似的，那應該是學生自行製作的吧？自主性真是可怕的東西。他們只憑藉著一股熱誠，便在無人委託的情況下打造出如此精緻的成品。若要說校方就連這方面都納入計算之中，又與他們平時放牛吃草的方針不太合拍。但至少由這場文化祭來看，校方是真的為那些想大展身手的學生們張羅了合適的舞台。

文化祭盛況空前，也有許多校外人士前來參訪。我雖然不太喜歡熱鬧的地方，但之所以會感到如此尷尬，主要還是基於其他的理由。

我看向自己的雙手。空蕩蕩的雙手看了就讓人傷悲，象徵著我一事無成的現狀。

「有、有葉……」

所以在來到空教室和三雨碰面時，我其實是非常緊張的。

我一眼就看出三雨也很緊張。與平時相比，她臉上的氣色顯然差了一些，看起來有些蒼白。

「三雨？妳這打扮是！」

我不禁驚呼了一聲。

她──打扮成**兔女郎**的樣貌。

她絲毫沒打算遮掩從頭上長出的長耳朵，正筆直地彰顯其存在感。她的上半身罩著一件黑色夾克，下半身則穿著露出整條大腿的短褲，褲子後方可以看見迸出的白色尾巴。而她的雙腳則是穿著長及膝部、看似沉重的長靴。仔細一看，她的打扮和我知道的兔女郎樣貌其實並不相同，但即便如此，這顯然也是為了讓兔耳朵順利地融入裝扮而精心調整的結果。

「那個……這身打扮是小衣緒花幫咱打造的。她說：『既然沒辦法藏起來，不如就弄一套相得益彰的造型。』……好看嗎？」

「唔、呃……」

三雨似乎很害羞的樣子。她眨著化妝過後、看起來比平時更大的眸子。

我大概就像隻將臉探出水面的金魚，只是一張一闔地動著嘴。

一言以蔽之——

她這身打扮是真的很好看。

我其實不清楚這樣的打扮算不算可愛，又算不算時尚。儘管如此，直覺仍然告訴我，這似乎就是三雨真正的樣貌。

但冷靜想想，照理說應該不是這樣才對。她受到惡魔附身，穿的還是衣緒花指定的服飾。只不過——

我凝視著三雨的模樣，隨即察覺到一件事。

之所以會覺得這是她真正的模樣，並不只是因為衣服。

而是因為三雨——似乎也產生了一點變化。

相較於服裝打扮，那樣的變化算不上太過明顯。她的背部比平時更為打直了些，視線也變得更加有力了點——大概就是這些小細節累積而成的吧。

「該怎麼說，我覺得很有三雨的風格呢。」

我好不容易才擠出這句話，讓三雨露出五味雜陳的表情笑了笑。

「老實說，咱也是這樣認為的。原來小衣緒花就算幫人挑衣服，實力也不在話下呢……咱真的嚇了好大一跳耶。」

「不，不是講衣服的事。」

我反射性地否定道：

「總覺得整體來說，三雨變得更像三雨了。」

「哈哈，什麼跟什麼呀？」

她露出有些為難的表情笑了笑。

「不過咱稍微有點放心了。咱會好好唱歌的，所以你要來聽喔。」

「嗯。」

我簡短地回應。

雖然用字遣詞並未道盡她的想法……

但總覺得我已經接收到更為重要的內涵了。

「咱得去準備了。那就晚點見啦。」

這麼說著的三雨轉身背向我，離開了教室。

體育館隱約傳來了低沉的音樂——如果我沒記錯時程表，現在似乎是在舉辦舞會的樣子。

我也得早點到場才行。就在我要走出教室之際，突然被人給喊住了。

「嗨嗨。」

「哇！」

我轉頭一看，只見遮住了一邊眼睛的長長瀏海隨之搖曳。

「阿海學長？」

「是我沒錯。好久不見啦。」

他壞壞一笑，露出了尖銳的虎牙。

「三雨說她要先去做準備了，學長不去嗎？」

我下意識地這麼詢問。只見阿海學長看似尷尬地扯了扯自己的瀏海。

「我馬上就會過去了。話說回來——你叫有葉對吧？我有點事想問你。」

「……有事情要問我？」

「對，就是問你。」

我伸手指著自己，阿海學長也指著我，於是兩根手指都朝著我指了過來。

「哎呀，其實也不是什麼要緊的事。三雨喜歡你對吧？」

我不禁為之愕然。

這就是所謂的「懷疑耳朵是不是聽錯了」的狀況吧。他過於自然地吐出的話語，讓我花了些時間才組合出其中的意義。

「呃，那個……怎麼說呢……」

「從你的反應來看，我似乎說中了啊。」

「是的……我被她告白了。但因為經歷了不少事，我不確定她現在的心情是否依舊與當時相同……」

「哇哈哈！這樣啊！哎呀——總算真相大白了，原來如此。」

由於事出突然，我下意識地坦承了事實。而聽到我的話語後，阿海學長像是真的感到心情舒暢似的，大聲地笑了出來。

「那個……學長不是從別人那裡打聽來的吧？到底是怎麼……」

「我們今天演奏的歌曲啊，是由我作曲，三雨作詞的，所以在正式上場之前，我姑且還是想知道歌詞背後是怎樣的故事。抱歉，問了你奇怪的問題。」

「不會……」

「不過……」

阿海學長凝視著我，就算被瀏海遮住，我也能感受到他眼裡散發著真摯的光輝。

「音樂果然不會騙人呢——」

我不曉得該怎麼回話，只得沉默不語。

「幹嘛？別露出那種表情啦。包在我身上，我會想辦法演奏得像模像樣的。既然知道了歌詞的來歷，我就得打造一場最棒的演唱會啦。」

當阿海學長說著這些話時，我不曉得自己露出了什麼樣的表情，但大概是相當古怪的模樣吧。

阿海學長看著我，突然用力摟住我的肩膀。他有著一排尖銳牙齒的嘴巴，在我的眼前賊兮兮地咧了開來。

「既然問了你奇怪的問題，那作為補償，我也和你講個祕密。」

「請說。」

「我啊，其實喜歡三雨喔。」

由於來得太過突然，我甚至來不及反問一句。

只不過胸口傳來了像是被三角形的尖角刺中的衝擊。

我花了很長一段時間，才理解他說了些什麼。

「那個……請問，您有對三雨……」

「我哪說得出口啊？以現在的狀況來說，我就算告白也只會徒增她的困擾吧。我再怎麼沒神經，也還是知道得察言觀色的。」

「是……這樣啊。」

我只能不置可否地點了點頭。總覺得無論是肯定或是否定，都不是出自我本心的說法。就立場來說，我應該沒有任何評論的資格。

我大概是露出了相當複雜的表情吧，只見阿海學長又笑了一陣。

「抱歉，我不是想對你施壓之類的。三雨有她自己的想法，不管我是怎麼想的，都和她沒有關係。」

「這……或許是這樣沒錯。」

「哎，畢竟要是事事盡如人意，艾瑞克・克萊普頓也寫不出『蕾拉（Layla）』這樣的經典名曲吧。」

「我雖然聽不太懂，但您講話的方式和三雨很像呢。」

「人會變得和自己喜歡的人愈來愈像——這樣的說法似乎屬實呢。」

我們看著彼此，笑了出來。

夾雜著尷尬和滑稽的這股氛圍，讓我莫名地感到舒適宜人。

「還好我有來問，謝啦！晚點要記得告訴我歌曲的感想喔！」

看著他揮手離去的背影——

我不禁心想：三雨真的是遇到了一個很好的學長呢。

■

即便心亂如麻的狀況久久無法平復，那個時候終究還是到來了。

當我踏入體育館之際，館內依舊是被照得通亮的狀態。

舞台上擺設著爵士鼓和吉他。體育館明明是個來到都要嫌膩的熟悉之處，但光是多了這些東西，就莫名讓人覺得造訪了不同的空間。我環顧周遭，只見學生們聚在堆放音響器材的地方，貓道（註：搭建在舞台上方，供負責燈光特效等技術人員操作演出器材的通道）上也站著負責操控燈光的學生。舞台後側拉下白色的大螢幕，大概是用來投映演奏的影片吧。我的確聽說過體育館的硬體相當齊全，但就眼前所見，整體設備似乎比我想像得更為嚴謹，感覺就像我那天參加過的展演場地一樣。而以空間大小來說，顯然是體育館更勝一籌。

木板地上畫出了一條條顏色各異的線條，上頭已經站了不少學生。現場的氛圍有些靜不下來，任誰都能感受到風雨欲來的氣氛。我略顯茫然地眺望著這一幕，看到了十指交扣的學生情侶，連忙將目光瞥開。對於現在的我來說，這樣的互動實在太過耀眼。

可以的話，我希望能站在後方靜靜地欣賞，身後卻接連湧入人潮，把我擠到了正中央一帶。雖然覺得和表演時的三雨對上眼會很尷尬，但我也不敢撥開人潮逆向而行，於是死了心，決定站在這裡做好覺悟。

隨著到場人數增加，嘈雜的聲響也逐漸增強。

「啊，找到男友了！」

這時，我所熟悉的嗓音，喊出了讓我感到頭皮發麻的詞彙。

我朝著聲音的來源看去，有顆人頭在人潮之中顯得鶴立雞群，帶有透明感的頭髮正如雲朵般搖曳著。

「……蘿茲，妳怎麼會在這裡？」

「你在說什麼呀？蘿茲當然也很期待三雨的演唱會呀！」

她大咧咧地說著，站到我身旁。

被她這麼提醒，我才想到向她傳達演唱會訊息的人就是我自己。

居然連這種事都記不得了，足見我現在有多麼心慌。

「真虧妳能找到我。」
「咦？什麼意思？」
「沒有啦，我只是想說這裡人這麼多，要找到我應該很不容易吧。」
「我一下就看到你啦。該怎麼說……因為你有熟悉的氣味吧？」
「咦？」
「啊，不是，我不是在說體味啦。該說是氛圍之類的嗎？蘿茲對這個很敏感，就算隔著一段距離，也有辦法認出人來呢。」
聽到她的話語，讓我回想起她尾隨衣緒花的那起風波。對於外行人來說，想在當事人無從察覺的情況下進行跟蹤絕非易事，但她若是擁有類似野生直覺一類的天賦，或許就只是手到擒來的小事了。
看到她的態度表現得一如往常，讓我不禁湧現想將心裡話悉數傾吐的念頭。
不過我最後還是忍住了。
她不曉得發生在三雨身上的事。既然她都特地來欣賞了，我不忍心向她增添無謂的雜音。
沒錯，這是必須由我親自承擔的事。
我得獨自面對。
……話又說回來，也不曉得衣緒花人在哪裡。我四處張望了一下，卻沒看到她的身影。如果這是一場時裝秀，她應該會坐在相關人士的座位上吧，但體育館自然不會設置這類席位。我看向音響和照明器材的堆積處，也同樣沒找到人。

就在我探頭探腦了一段時間後，照明逐漸黯淡了下來。

喧囂聲像是退潮般散去，眾人的視線投向明亮的舞台。

終於要開演了。

周遭那充滿期待的氛圍，彷彿化為勒住我脖子的布帛。

其中最為難受的，肯定就是三雨本人吧。

但我也不禁緊張了起來。

過了不久，阿海學長從舞台的側邊現身。

觀眾們沒有拍手，也沒有發出歡呼，只是靜靜地守望著。

就在他將看似沉重的貝斯掛上頸項之際，手持鼓棒的鼓手隨之登台，在被爵士鼓包圍的矮凳上入座。他甚至氣定神閒地轉動著肩膀，真不愧是學長。

而又過了頗久的一段時間後，三雨終於從側幕現身了。

她緊張得四肢僵硬，動作活像是一台玩具機器人，看起來並沒有多餘的心思尋找位於觀眾席的我。她雖然踢到了纜線險些跌倒，卻仍拿起放在立架上的吉他。

看著她的表現，我只覺得感到不安。

她真的不要緊嗎？

經過衣緒花的指導，她真的能夠好好唱歌嗎？

但我擔心的情緒當然無法傳遞過去。

阿海學長舉起拿著綠色撥片的那隻手，扯了一下長長的瀏海。

然後——

「我們是『連夜大雨』，請多指教。」

他對著麥克風靜靜地這麼說道。

仔細想想，我好像還是頭一次聽到他們的團名。

鼓手將鼓棒高舉過頭，在敲打了幾下後，便正式開始演奏。

老實說，我真的覺得他們表演得很好。

阿海學長邊彈貝斯邊唱歌，沉穩的歌聲讓人完全聯想不到他平時輕薄的印象。在我身旁聆聽的女學生對他投以熾熱的視線——應該不是我的錯覺吧。面無表情的鼓手則是敲出了萬無一失的鼓聲，簡直不像是人類能辦到的技術。

至於三雨——她的手指一開始有點打結，但很快就開始演奏吉他。即便看在我這種外行人眼裡，也覺得要跟上那兩人的演奏相當不容易，但她仍垂著臉龐看著吉他，集中心思彈奏著。

若非和她相識已久，想必不會有人認為她有著怯場的個性吧。

「真厲害呢。」

在演奏完歌曲的空檔，蘿茲附在我耳邊這麼說道。由於我的耳朵位於蘿茲的嘴巴下方，她還得彎腰對我說話。

「嗯，很厲害。」

我則坦率地這麼回應。

三雨似乎曾放過這些歌曲給我聽，因此莫名地有種熟悉的感覺。我雖然對音樂不太在行，但從周遭學生的反應來看，應該是相當知名的曲子。這就是所謂的翻唱吧？

有條不紊地演奏完四首歌曲之後，阿海學長向三雨使了個眼色。

我很快就明白了他的意圖。

這時，我才發現自己已經握緊雙拳。

三雨按著胸口，做起深呼吸，眼前的麥克風則將吐息聲當成雜音收了進去。

眼見她慌了手腳，台下登時傳來些許笑聲。

她神經兮兮的模樣，就連看的人都會緊張起來。

我調整著自己的呼吸，守望著她的表現。

「呃，接下來是最後一首歌了。由於咱任性地要求了一番，就只有這首歌是由咱擔任主唱的，因為這是咱製作的歌曲。」

聽到她一鼓作氣地講完事先備好的講稿，學生們稍稍嘈雜了起來。

「啊，這不是大家有聽過的曲子，所以或許沒什麼興趣。咱會想唱……那個……是有理由的……」

她的聲音逐漸變得細不可聞。聽到她話說得吞吞吐吐，周遭的學生們紛紛露出了詫異的表情。

阿海學長似乎看不下去，只見他信步走到三雨身旁，用力地拍了一下她的背。

她輕輕發出的「嗚」一聲被麥克風收了進去，長長的耳朵用力一晃。為了撐住前傾的身子，她向前跨出一步，卻稍稍撞到了立架，發出了「哐」的聲響。

阿海學長什麼話也沒說，只是對轉頭看來的三雨點了點頭。

我不曉得洋溢在台上的情感為何。

不過三雨很快再次轉向正面。她深吸了一口氣，然後下定決心說道：

「……那個……咱有喜歡的人！可是，咱被他甩了！」

許許多多的學生聆聽著她的告白。原本窸窸窣窣的聲響，逐漸變得像是煮滾的熱水般沸騰起來。

她居然在舞台上全說出來了啊。

我的臉肯定變得很紅很紅。蘿茲先是偏頭感到不解，隨即恍然大悟似的朝我看了過來。我朝蘿茲瞥了一眼，只見她露出了相當誇張的表情。沒錯，她內心的猜測都是事實。我默默地聳了聳肩，蘿茲便像是若有所悟地深深點了好幾次頭，隨後再次將視線挪回舞台上。

「只不過咱說什麼都不肯死心——」

在她開始講話後，觀眾們便立即安靜了下來。

所有人——

都在聆聽著她的聲音。

「——因為咱不肯死心，後來又鬧出了不少風波，傷害了很多人。不過咱的朋友和咱說，咱應該要好好整理自己的心情，轉換成自己也能滿意的形式，並全力以赴地再次傳達一遍。所以，咱才會以這樣的形式寫成了曲子。」

感覺聽到了呼吸聲。

不是三雨的呼吸。

而是學生們的呼吸聲。

許許多多的學生們，似乎形成了一股靜謐的浪潮。人潮緩緩地膨脹，又緩緩地萎縮。吸氣、吐氣，重複著這樣的過程。隨著三雨的話語，人們呼吸的頻率也隨之變得同步。

「對不起，突然說起自己的私事。不過不是這樣的。咱確實是想唱出自己的心情，才打算表演這首歌的。但今天是文化祭，況且咱認為在台下的人們當中，肯定也有人處於單戀狀態，或是在感情路上走得不太順遂吧。」

我難以置信，現在站在舞台上的，竟然是那個三雨。

雖然打扮誇張，個性卻相當怕生。儘管有喜歡的事物，但總是表現得畏縮不前，又只對著我一股腦地傾吐的三雨。

她現在正編織著自己的話語，極為正直而坦率地——在為數眾多的人們面前侃侃而談。

正因如此，我感到相當吃驚。

我以為三雨的歌是為自己而唱的，為的是讓自己的心意能有個結果。

不過此時的她並非如此。

她早就跨越那道心結了。

「這首歌原本是為了咱，以及為了咱喜歡的人而寫的。但其實不只如此。」

她的笑容已經沒有絲毫遲疑。

她筆直地看著自己的心、看著她和我之間的關係，還有在場的所有人。

「咱要為那些死心塌地地戀慕著某人的大家，唱出這首歌——」

我凝視著站在舞台上的三雨。

她呈現被惡魔附身的兔子之姿。

那其實是不想被任何人看見的慾望。

若想將這樣的慾望赤裸裸地、為了某人而暴露於世。

那肯定只有**搖滾**才辦得到。

「——請各位聆聽這首歌，『兔子之歌』！」

鼓聲急馳。

貝斯蕩漾。

竄上半空的吉他，則在落地的同時迸出扭曲的巨響。

然後，三雨的歌聲響徹四下。

第9章 適合揍人的Telecaster

演唱會結束後，此時我正和三雨面對面。

原本在我身旁聆聽的蘿茲，整個人聽得傻站在原地，就算向她搭話，她依舊毫無反應。我雖然覺得不該拋下她不管，卻也不忍心打擾她沉浸在餘韻之中的體驗，於是靜靜地背對著她，離開了體育館。

三雨事前就曾通知過我，要我在演唱會結束後去體育館後方的空地找她。由於下一場表演會立即開始，那裡似乎是最不會有人經過的地方。

遠處傳來了學生們的嘈雜聲，他們似乎尚未從演唱會的熱烈氣氛中冷靜下來。

我眺望著體育館由水泥砌成的厚實牆壁，覺得剛才在裡面舉辦的演唱會就像是一場夢。

當我抵達後方的空地之際，三雨正蹲在碰面的地點，用手指戳著地上的花朵，裝了吉他的黑色提箱則豎在身旁的牆邊。察覺到我的到來後，三雨抬起臉龐，慢慢地站起身。她頭上的長耳朵輕晃著。

「……你有來聽吧？」

聽到她出言確認，我緩緩地點了點頭。

「嗯。」

「那個……你覺得怎樣？」

我思考了一會兒。

各種思緒仍在心中打轉，讓我沒辦法好好凝聚成句。在這段期間，三雨一直以不安的神情盯著我看。

「很帥氣喔。」

這是我最坦率的感想。

老實說，我完全聽得入迷了。

三雨的歌曲，想必唱出了她對我的心意，所以我也做好了接納的準備。如果只是尋常的情歌，肯定沒辦法如此劇烈地打動我的心。

若是想要的事物始終不可得，願望永遠無法實現，那我們究竟該如何讓這樣的心情找到出口，繼續往前邁步呢？勇敢地衝撞現實、抬頭挺胸地以自己為傲——這樣的覺悟震撼了我的心。

這是她與惡魔對峙時抓住的——同時也是從衣緒花那兒接收而來的訊息。

「嘻嘻嘻，好害羞喔。」

三雨臉龐一紅，先是忸怩了一會兒，最後仍筆直地看著我的雙眼。而我也面對著她，接下了這道視線。

「欸，有葉，咱再說一次喔。」

「我聽妳說。」

「咱喜歡你。請和咱交往好嗎？」

和當時相同的話語，此時卻帶有截然不同的感情。

宛如光線般筆直，又猶如鋼鐵般有力。

所以我認真地接下了她的心意，做出回答：

「抱歉，我無法和三雨交往。」

「這樣呀。」

說著，三雨笑了笑。她的表情雖然帶著少許傷悲，卻又顯得有些瀟灑，彷彿受風吹拂的花朵似的。

「哎，不過咱已經用自己的方式好好地努力了一番，所以咱沒事的。謝謝你，有葉。」

她看似害臊地舉起手，打算觸摸頭上的長耳朵。

然而——

她的手指卻摸了個空。

「奇……奇怪？」

三雨一臉詫異地在頭頂上方摸索，但我看得很清楚。

直到剛才都還存在的耳朵，像是被施了魔法似的消失無蹤了。

「欸，難道說……咱的耳朵……」

「嗯，變回原狀了。」

我明明沒有別開目光，卻不曉得是何時消失的，只能說應該是在我眨眼的短短一瞬變回原狀的吧。佐伊姊常說惡魔是一種概念，既然如此，或許也會像剛才那樣來去無蹤。

「呼……太好了……」

三雨的反應與其說是開心，更像是終於放鬆全身的神經。這也不能怪她。

「欸，有葉。」

「什麼事？」

「咱啊，還是很喜歡有葉喔。」

「嗯。」

「就算有葉不願回頭看咱，咱也依舊喜歡你，不打算這麼簡單就放棄。明明如此……為什麼惡魔會就此消失呢？」

「這個嘛，我想是**變得喜歡**的緣故吧。」

「呃……誰喜歡上誰了？」

「**三雨喜歡上三雨**了喔。」

聽到那首歌之後，我便明白了一切。

到頭來，我認為三雨真的願望，**並不是**和我成為情侶。

她對我的心意是千真萬確的。不過她真正追求的對象並不是**我**。和**喜歡上**的對象相比，她更在乎**還沒喜歡上**的那個人。

那個人是誰？

我想，那一定就是三雨自己。

她一直痛恨著自己，抱持著想從世上消失的願望，所以惡魔為她實現了這個心願。祂將三雨變化為衣緒花的身影，打算逼我就範。不過她其實並不是想成為衣緒花**本尊**，也不打算將我納為己有，而是想成為**宛如**衣緒花的存在。她想成為的，是無論何時都能展現得自信十足，擁有明確自我的人物。

而三雨實現了這樣的夢想，不僅如此，甚至還朝著下一個層級跳去。她跨過了高聳如山的煩惱和痛楚，並非為了自己，也不是為了我，而是為了存在於某處的**某人**寫下歌曲。

所以，惡魔離開了她的身體。

「這樣呀。或許的確如此吧。」

三雨聽了我的話，憨憨地笑了出來。

並非想成為憧憬的對象，也不想和喜歡的人成為情侶，只是想要稍微更喜歡自己一點。

就算活著也沒關係——想受到這樣的認可。

這肯定就是惡魔打算為她實現的願望吧。

而在聽到三雨的歌後，我得出屬於自己的結論。

正因為得出了結論，我得將其傳達出去才行。

我要向衣緒花——

想到這裡，我驀地察覺到……

衣緒花——還有佐伊姊對這件事究竟瞭解到什麼地步？

不對。

她人現在在哪裡？

不好的預感隨著冷汗一同迸現。我以為衣緒花之所以會表現得很奇怪，是因為內在變成了三雨，但仔細想想，就連真正的衣緒花，也採取了一些我無法理解的行動。那只是她對我生氣，對我感到厭惡了嗎？然而如果不是基於那樣的理由，便代表衣緒花早就看透了三雨體內的惡魔為何物。

想讓三雨頂替衣緒花的惡魔、衣緒花戴著的黑色手套、佐伊姊談論過的惡魔性質——若是綜合這些資訊，那從三雨體內離開的惡魔肯定會——

「三雨，衣緒花人在哪？」

「哎喲，就不能陪咱再聊一下嗎？咱可是被有葉給甩嘍？你下一句就是問小衣緒花的去向，這樣很沒神經耶！」

「不，妳誤會了！」

「咱哪有誤會呀？」

「衣緒花她——很有可能遇上了危險！」

「咦？什麼？怎麼會？」

「我晚點再和妳解釋！總之得先找到她！妳心裡有底嗎？」

「咱不曉得呀。她會在哪裡呢？還以為她會告訴咱呢……但咱沒向小衣緒花打聽她今天的行程啊。」

衣緒花刻意隱瞞了自己的所在之處。

不會錯的，到這個階段都在衣緒花的掌握之中。

我得冷靜一點。若是如此，那她不會離這裡太遠，大概會待在學校的某處——

想到這裡的時候，我以為自己眼花了。

因為一條黑色的蜥蜴，正從地面上仰著脖子朝我看來。

■

我和佐伊老師一同站在校舍的屋頂。

朝著操場看去，可以看到正準備為文化祭進行撤場的學生們。

隨著夕陽染紅天空，這一天也即將結束。四周飄盪著一股溫和卻又隱含激情的氛圍。

「衣緒花同學，這樣做真的好嗎？」

佐伊老師從口袋裡取出巧克力餅乾，這麼向我問道。

「是的，我已經做好心理準備了。」
也沒有什麼好不好，因為只能這麼做了。
我摘下手套，將手伸向天空。
夕陽的赤紅之色穿透了我的手掌。
這可不像某首歌的歌詞，是血潮透出我的膚色所造成的。
而是我的手掌名副其實地**變得透明**了。
為什麼會變成這樣？
眼前所看到的光景，便是最為淺顯易懂的理由了。
名為衣緒花的存在，如今正逐漸消失殆盡。
「哎呀，在找到妳的時候，我也是嚇了一跳呢。若是置之不理的話，妳現在應該已經消滅了呢。」
佐伊老師看著我的手掌說道。
「但我認為妳其實可以向有葉小弟坦承這件事喔。」
「不……」
我只能給出模糊的回應，空手握向屋頂的圍欄。圍欄由鋼索編織出鑽石型的網紋，我的手卻抓了個空。我讓穿透的手指與圍欄重疊，握掌成拳。明明是自己的手掌，我卻一點真實感也沒有，實在是一幅奇特的光景。

我再次戴上手套。這是佐伊老師特別為我製作的手套，若是沒有它的輔助，我的存在甚至會稀薄到無法觸碰物體。

附身在三雨同學身上的惡魔，企圖讓她頂替我的存在。

而兩個同樣的存在，是不能同時**現形**的。

每當三雨同學在某處變成我，我的存在就會變得逐漸稀薄。

在還不明白發生什麼事的時候，我就變得無法從床上起身了。我的意識曖昧不清，像是持續在作夢一般。

當有葉同學採取行動之際，佐伊老師也運用她個人的管道調查惡魔引發的現象。而她隨後便找到了我，對症下藥讓我接受處置。

與此同時，我得知三雨同學打算變成我，也明白再繼續下去，我總有一天會從世上消失的事實。

讓我訝異的是，我並未為此生氣，反而是覺得自己終於遭受報應。

因為我是純粹收受的一方。

有葉同學總是陪伴在我身旁，為我實現願望。他表示自己是一名驅魔師，並與惡魔展開周旋。但他這麼做明明就沒有任何回報。

不僅如此，有葉同學甚至什麼都不想要，也沒有任何要求。

就算直接詢問他有沒有想要我做的事，最後也總是會變成我在向他提出要求。

我一直都很清楚，自己沒有能為他做的事。
在有葉同學的人生裡，肯定不需要我的存在吧。
所以，我才會決定為三雨同學加油打氣。
我是真的覺得三雨同學和我有雷同之處，也真的想幫她一把。不過我是個不老實的女人，所以理由不僅於此。
只要我還在，有葉同學肯定就會以驅魔師自居，對我百般關注。因為他總是把自己擺在一旁，以關心他人為第一優先。
老實說，我並沒有那個立場斥責三雨同學襲擊有葉同學的行為，因為我也利用了有葉同學的溫柔和責任感，拉著他東奔西跑，奪走他這段時間的人生。
我其實很開心。他總是待在我身旁，願意聽我講話，還為了我這種人全心全意地付出。
所以我會忍不住向他撒嬌……
甚至沒察覺這麼做已經傷透了三雨同學的心。
一起混過樂團後，我徹底明白了，雖然三雨同學個性膽怯的部分和以前的我很像，但她其實是個拘謹溫柔、卻同時擁有堅毅心靈的好女孩，和我不一樣。我傲慢又任性，總是把其他人耍得團團轉。
比起我，三雨同學是個更好的對象。
說不定，其實是我想要成為三雨同學呢。

三雨同學比我更早結識有葉同學。在那個時候，我雖然下意識地反駁，但這仍是無可動搖的事實，是我成了半路殺出的程咬金。說不定讓有葉同學和三雨同學湊成一對，才能讓他們步上幸福的未來……不對，是一定能有幸福的未來才對，因為那才是兩人該有的關係。

而這樣的關係被擊潰了。

是由我親手毀掉的。

因為我只懂得奪走別人的東西。

我給不出任何東西。

在有葉同學面前，我還是不要存在更好。

若是被他厭惡的話，反而更合我意。

而如果能許願——

我希望有葉同學可以和三雨同學在一起。

不過我很清楚這只是自己的一廂情願，決定權終究還是握在有葉同學的手裡。

所以我能做的，唯有協助三雨同學再次傳遞自己的心意。

以及讓有葉同學不再對我產生責任感。

最後，便是驅除三雨同學的惡魔了。

啊，不過——

如果是和服飾相關的問題，我明明總是能找出正確的答案。

但為何一遇到戀愛，我就表現得左支右絀呢？

「……衣緒花同學，妳沒事吧？」

陷入沉思的我，被佐伊老師給拉回現實。我浮出思緒之海，輕輕地嘆了口氣。

「沒事。我要動手了。」

「這樣啊……我再次做個確認。在逆卷體育館發生的那起事件裡，惡魔亞米在脫離妳的身體後，曾一度想附身在有葉小弟身上，因為妳和有葉小弟抱持著相同的願望。就像雷會被良性的導體吸引一般，惡魔也具備著被願望相同之人吸引的特質……若是成功驅除了三雨同學的惡魔，從她體內竄出的惡魔——貝雷特，就會將妳視為下一個目標。畢竟現在的妳們，確實是**抱持著相同的願望**。」

相同的……願望。

沒錯，我和三雨同學都抱持著一樣的心願。

正因為有這層關係，我才能驅除三雨同學的惡魔。

我能透過這樣的方式，將惡魔吸引過來。

「所以，妳接下來勢必要與惡魔一戰。妳既然已經明白前因後果，還打算親自喚來惡魔，那祂的力量便絕非自然附身時所能相比。我能做的只有在旁協助，也就是幫妳上些增益狀態罷了，之後完全得靠妳自己。」

「……我明白，這是我自己選擇的。」

「別忘記了，在面對惡魔時是無法撒謊的。妳的心靈若是不夠堅強，就沒辦法戰勝惡魔，懂了嗎？」

「我已經做好覺悟。」

我如果在此落敗，惡魔想必又會回到三雨同學的身上。

如此一來，一切又要從頭開始。

所以我說什麼都要在這裡打倒祂。

這是為了三雨同學，也是為了有葉同學。

「……來了呢。」

佐伊老師這麼說著，朝著門扉看去。

然而，門扉看起來並沒有要被打開的跡象。

「怎麼……」

但在我詢問之前，現象已然成型。

黑色的影子像是滲出的水流似的，從門扉的底下擴散開來。靜靜地延伸的液體最終豎立了起來，改變形狀。

那是長有犄角的黑色兔子……不對，祂整體的輪廓依舊呈現人型，所以是一隻頂著兔子腦袋的半兔人。

「附身在三雨同學身上時，祂將當時的形狀暫時記憶了下來。要小心啊，祂尚未失去干涉四大元素的力量，在那種狀態下，就連質量……嗚！」

佐伊老師的話語驀地中斷。

我朝著身旁看去，卻沒看到佐伊老師的身影。

「佐伊老師？」

隨著「咔鏘」的一聲巨響，佐伊老師撞上了圍欄。她摔落在地，猛咳了幾聲。

「……真、真是超乎想像……想不到妳們的願望居然會同步到這種地步……這下可能不太妙……」

我連忙向後飛退拉開距離。我沒看見祂出手的動作，簡直像是影子——不對，是如光一般的速度。

惡魔——

如今出現在我面前的，是超乎常理的存在。我再次被迫認清這樣的事實。

祂沒發出一點聲音，只是一步一步地朝我接近。

我將意識集中在自己的心靈上頭。

「亞米，借我力量——！」

這句話將會喚醒惡魔，讓髮夾迸出一道烈焰，灼燒貝雷特……

理應如此。

「奇怪？怎麼會……呀啊！」

黑色影子伸出雙手。我好不容易壓低重心擋下手臂，卻被強大的力道給壓倒在地。

「嗚……」

我來不及使出護身倒法，背部重重地撞上地面。呼吸變得相當難受。

我的雙手遭到壓制，有著兔子形狀的臉孔近在眼前。明明距離這麼近，我卻只看得到一團黑影，沒辦法辨識出詳細的樣貌。黑影吸收光線，不讓一絲光芒從中逃出，這道與正常的物理現象背道而馳的身影，讓我本能地感到恐懼。

我雖然扭動身子試圖反抗，對方卻文風不動。

與人類相似得噁心的黑色身軀跨坐在我身上，死死地壓著我的雙手。

我並沒有感受到沉重的感覺，就只是──無法動彈，連一根手指都動彈不得。

過了不久，有著兔子外型的腦袋融化成液狀。

扭動的液體像是擁有自己的意志似的，先是滴落到我的脖子上，隨即沿著下顎往上爬竄。我知道祂的目標──是想鑽進我正猛喘著大氣的嘴角。

「不、不要！別鑽進來……！」

我的反抗徒勞無功。轉動視線後，我只看見了頹然倒地的佐伊老師。

原來我會輸得如此乾脆。

不對，結果總是乾脆的。我已經體驗過太多次，都要心生厭煩了。

無論抱持著多麼崇高的念頭，現實終究會無情地降臨。

在試鏡落選、和喜歡的人相處得不順利、被惡魔壓制在地。

在死心的過程中，我恍然大悟。

亞米是為了協助我實現願望，才會將力量借給我的。

所以，在擊退變成我的三雨同學時，祂才會願意噴出火焰。

因為當時我是打從心底這麼想的。

我就在這裡。

不要看三雨同學，**看著我**。

不過我現在的願望和當時不同。

我是為了**被有葉同學拋棄**，才會待在這裡的。

說穿了就是這麼一回事。

現在的我，已經沒有向惡魔借用力量的資格了。

身體逐漸失去力氣，我緩緩地閉上了眼睛。

對不起噢，有葉同學。

直到最後的最後，我也沒辦法對你付出些什麼。

就在毫無觸感的黑影延伸到嘴角之際，事情發生了。

「喝呀啊啊啊啊！」

隨著一聲吶喊，某個沉重的物體以驚人的速度急掠而過。那個物體打中了黑色兔子，將整團影子轟飛出去。

我用力坐起身子，映入視野的——

是雙手握著吉他頸，把吉他當成武器甩動的三雨同學。

以及跑到我身邊的有葉同學。

■

我追著蜥蜴跑了一會兒後，最後抵達的地點是屋頂。

在打開門扉的瞬間，我看到惡魔正在襲擊衣緒花。

而在我衝上去之前，三雨已經抓著吉他，甩出了一記大橫劈。

看著她的動作，我這才明白吉他其實是意外地沉重的樂器，讓我不寒而慄。

我還來不及問她**難道不該好好珍惜嗎**，三雨便先一步高亢地說道：

「凱斯・李察說過！芬達樂器公司的Telecaster有著最適合用來砸人的形狀！」

「原、原來吉他是揍得到惡魔的啊……」

「其實咱也嚇了一跳。」

「妳不是有把握才出手的嗎？」

「又不能怪咱！咱只想著要救人呀！」

我雖然有很多話想說，但現在不是鬥嘴的時候。我連忙跑上前去，協助衣緒花起身。

「衣緒花，妳沒事吧？」

「有葉同學……你怎麼……」

「是蜥蜴為我帶路的。話說回來，妳的手……」

衣緒花脫下了那隻黑色的手套，顯露的手掌呈現透明之色。

雖然我不明白發生了什麼事，但至少還看得出狀況並不尋常。

「佐伊姊呢？」

我循著衣緒花的手指看去，便看到倒在地上的佐伊姊。她雖然還在呼吸，但正露出痛苦的表情閉著雙眼。

我還來不及上前關心，黑色兔子便已經緩緩起身了。

祂打算再次接近衣緒花。

然而，有人擋住祂的去路。

是垂握吉他的三雨。

「附身在咱身上的惡魔就是祢吧？」

黑色惡魔停下步伐，靜靜地打量三雨。

「不可以！三雨同學！妳要是待在這裡，又會被祂附身的！」

惡魔卻站到三雨面前，靜靜地凝視著她。

「……謝謝祢實現了咱的願望，咱很開心喔。雖然惹了不少麻煩，但咱認為那也是必經之路。不過——不對，正因如此！」

三雨輕輕撫摸著吉他。

惡魔將目光從三雨身上瞥開，瞄準了衣緒花。

在惡魔採取行動的同時，三雨大吼道：

「咱不會！再次讓咱傷害自己的朋友了！」

吉他再次高高揚起，砸向惡魔。

「果然有效啊……」

「不，那只是權宜之計罷了！三雨同學，別再打了！我……我會想辦法解決的！」

衣緒花雖然試著起身，但雙腿顯然相當乏力。我支撐著眼看就要跌倒的她，讓她靠著門扉旁邊的牆壁坐下。

不管怎麼看，惡魔都不像是想襲擊三雨的樣子。

倒不如說，現在變成了三雨在阻止惡魔襲擊衣緒花的局面。

這是為什麼？

然而在疑問得出答案之前——

「糟糕……！」

惡魔趁著三雨揮舞沉重吉他的破綻，朝著我倆踏足而來。

我連忙擋在衣緒花身前……

赤手空拳地擋下了惡魔的雙手。

「有葉同學？」

好驚人的力氣，壓力之強彷彿可以把我攔腰折斷，然而說什麼都不能輸給祂。我不能輸。

「三雨！」

「ＯＫ——！」

在我的呼喊下，三雨再次揮舞起吉他。

「祢呀！是咱的惡魔才對吧！」

三雨再次朝著惡魔的背部砸出吉他。但她這回被彈飛出去，以抱著吉他的姿勢倒臥在地。

「嗚嗚……」

此時還能站著的人只有我。

我不曉得該怎麼驅除祂。

前置條件實在變化過太多次了。

然而，我不能就此放棄。

因為——

我說什麼都得將自己的心意傳遞給衣緒花才行。

三雨鼓起了勇氣站上舞台，試圖改變自己。

既然如此，這次就輪到我了。

三雨想變成衣緒花。她對衣緒花抱持著極度的憧憬之情，甚至否定自身的存在，許下想頂替她的願望，還讓惡魔出手實現。而現在的我，非常能夠體會三雨的心情。

我也一直憧憬著衣緒花，光是接近她就讓我感到心曠神怡，所以才會隨侍在側並樂此不疲。

沒錯，我和三雨抱持著相同的想法。

所以我不曉得該怎麼辦。

若是遇到了同樣美麗、同樣因緣際會和我走在一起、同樣帥氣的女性的話……

我是不是也可以選擇那個人呢？

這個世界上充斥著各式各樣的人。

要是眼前突然出現了一名比衣緒花更美、比衣緒花更有熱忱、比衣緒花更有事業成就的女子……

我是不是就會喜歡上那個人呢？

我一直為此感到不安。

但這樣的想法是錯的

大錯特錯。

就算和衣緒花有著相同的模樣，如果內在不是衣緒花，那就沒有意義了。

就算被魔法改變了外觀、人生一落千丈、失去了一切……

就算被厭惡至極，不再回頭看我一眼……

我也還是想為衣緒花活下去。

所以——

「衣緒花！我喜歡妳！」

在有所察覺之際，我已經叫出口了。

這是我給出的——由我自己選擇的唯一答案。

光是與眼前的惡魔對峙就已經耗盡我的心力，我再也沒有多餘的心思回頭觀看衣緒花的反應。

我想聽她的聲音，想和她說話，想知道她在想什麼。

說不定，她覺得我是個毫無對話價值的對象。但那也沒關係。

我將驅除眼前的惡魔。

因為這是我此時能為她做的事，我不會讓惡魔觸碰衣緒花。

不過我已經撐不住了。惡魔的力量逐漸增強，我被壓制得落入下風。

到底是怎麼回事？原本附身在三雨身上的惡魔為何會盯上衣緒花？

到底要怎麼做才能驅除這隻惡魔？

突然間，背後傳來了柔軟的觸感。

是衣緒花從背後抱住了我。

她的手臂環過我的胸口，使力抱住。

我聽到了小小的抽鼻聲。

接著，她輕聲說道：

「有葉同學，很抱歉對你說了很過分的話。我也真的……很喜歡你。」

那一瞬間——

惡魔消失了。

「嗚哇！」

「呀啊！」

原本相互推擠的力量突然少了一邊，讓我倆頓時摔倒在地。這樣的消滅實在是來得又快又急。

我連忙環顧周遭，隨即明白發生了什麼事。

由黑色影子所形成的小巧兔子，正端坐在我們的眼前。

那隻兔子在輕巧地跳躍幾次後，跳上了頹坐在地的三雨胸口。

「這樣呀。這就是附身在咱身上的惡魔嗎……」

三雨這麼說著，試圖撫摸起兔子。

「謝謝祢。咱的願望已經實現，再也不要緊了。咱或許今後還會產生新的願望，但到那時候，咱會用自己的力量去實現喔。」

像是在回應她的話語似的，兔子蹦地一跳。

兔子跳向三雨抱住的吉他，就此消失無蹤。

「咦……奇怪？」

三雨環顧起周遭。

「三雨，妳的吉他……！」

遍尋不著的兔子就在吉他裡。

彷彿貼了張有著兔子輪廓的貼紙似的，兔子正依附在吉他上頭。

我凝視了一會兒，以為祂會有所動作，祂卻一動也不動。

「這……是怎麼回事……？」

「哎呀，真想不到你不僅孤軍奮戰，就連儀式都大功告成了。真是個優秀的驅魔師啊。」

這麼說著而慢慢走近的，是理應昏厥過去的佐伊姊。

「佐伊姊，妳沒事嗎？」

「啊——好痛好痛啊我的腰——」

佐伊姊這麼說著，誇張地直喊痛。

「等等，妳其實早就清醒了吧？」

「啊——我聽不懂你在說什麼耶。總而言之，你們這些少年少女憑藉著自己的力量解決了問題，這不是很棒嗎？可喜可賀、可喜可賀。」

說到這裡，佐伊姊大大地打了個哈欠。

傻眼的我只能張大嘴巴，久久無法合攏。

我打從內心發誓，今後再也不要相信佐伊姊講的任何話了。

這個人真是一點也不值得信任。

回過神來時，暮色已然低垂。

三雨抱著吉他佇立原地。

佐伊姊伸了個懶腰。

而衣緒花則是握著我的手。

在星空照亮黑夜的同時，驀地，我看到了橘色的光芒。

緩緩晃動的那道光，是搖曳的火焰。

「是營火……」

我們像是被搖曳的火光給吸引似的，一同聚了過去。

我完全沒印象文化祭最後會以營火晚會作為收尾。許多學生們團團圍繞著火焰，彷彿在舉辦某種儀式一般。

我回想起邂逅衣緒花時的光景。

那個時候，衣緒花在我的眼前熊熊燃燒。

而如今我則從遠處眺望著火焰，有種恍如隔世的感覺。

「那個……有葉同學。」

聽到有人搭話，我回頭一看，只見衣緒花正直盯著我。

她微微低頭，像是欲言又止。

站在她身旁的三雨先是輕輕一笑，隨即推了衣緒花的背一把。

衣緒花看著三雨的臉孔，三雨則笑著點頭。

隨後，衣緒花緩緩走近，看著我開口：

「剛才的——是真心話對吧？」

「妳說『剛才的』……？」

「呃，就是向我告白的事……」

「當然是真心話啊！」

「對、對不起，我大概是大吃一驚，有點反應不過來……」

「那才是我要說的話啦。」

橘色的光芒照亮了她的臉龐。

「有葉同學，我……只要看到你和三雨同學在一起，胸口就會感到疼痛。可是我一直沒辦法對你有所付出。有葉同學明明願意為了我做出任何事，卻從來不求回報……我一直不曉得怎麼辦，才會覺得讓你和三雨同學在一起會更加幸福……」

「不就是因為喜歡妳，我才願意什麼都做嗎？」

引。

「可是！我！」

直到三雨模仿過衣緒花，我才頭一次明白。

我確實覺得衣緒花的外貌很美，也覺得她講的話很有道理，卻並非被她與生俱來的天賦所吸引。

衣緒花是憑藉自己的意志，將自己打造成理想的模樣——僅憑一己之力。

我無可救藥地迷上了她這一點。

「我喜歡衣緒花獨力改變自己的人生美學，所以想成為妳的助力。只要對妳的人生有所助益，我什麼都願意做，即便要驅除惡魔也在所不惜。就只是這麼簡單的道理而已。」

「這……不就和迄今為止的相處方式大同小異了嗎！我也會為了有葉同學努力付出……」

「衣緒花，妳只要保持著現在的樣子就可以了。為此，我想成為妳的支柱。我光是這樣就能滿足……應該說，我覺得這樣的模式很好。」

愕然的她，從眼裡迸出了一滴眼淚，之後是第二滴、第三滴——水珠最終匯聚成淚流，劃過她的臉頰，宛如流入大海的河川。

最後，她破涕而笑。

「原、原來你這麼喜歡我呀，真是拿你沒辦法呢！不，這也是當然的，畢竟我是總有一天會征服世界的模特兒，要是不能讓一個或兩個有葉同學為之著迷，也太不像話了呢！」

「嗯。」

我靜靜地點頭後，衣緒花擦去淚水，高昂地宣布道：

「好吧，那我就准許你在特等席看著我的表現吧。」

說完，她便撲進了我的懷抱。

被我緊緊抱住的衣緒花，理應早已恢復成平時的樣貌。

「所以說，有葉同學，你可不能瞥開視線喔。」

之所以會覺得她的體溫夢幻而飄渺，肯定是我的錯覺吧。

「哎呀哎呀，真是青春啊。三雨同學也是這麼認為的吧？」

「真受不了他們耶，小佐老師。」

就連兩人調侃的話語都快傳不進我的耳裡了。

我和衣緒花的心跳聲逐漸加遽。

讓滾燙的血液在體內循環著。

第10章 快樂兔女郎

AOHAL DEVIL

那天之後，我再次回歸原本的日常生活。

哎呀，我知道這樣的說法不夠精確。我的日常生活已經出現了決定性且不可逆的變化，但若要稱之為非日常，又顯得過於貼近生活，讓我不曉得該怎麼稱呼更為正確。

「早安，有葉！」

我一踏入教室，就看到三雨坐在我隔壁的位子。長在腦袋側面、戴著許多耳飾的那對耳朵，便是她唯一的耳朵。

我細細品味著每天早上看到的這番光景。

如今我已明白，這絕非理所當然的事物。

不過在回歸平靜之後，這樣的光景也產生了意料之外的變化。

「啊，男友早啊～」

蘿茲正坐在三雨隔壁，甩著手掌道早。

「欸欸，三雨！妳下次什麼時候要辦演唱會？是明天嗎？還是後天？」

她將手靠在三雨的桌面上，正興奮至極地蹦蹦跳跳。與她高挑的身材顯得恰恰相反，這樣的表現相當孩子氣。

我後來才知道，在演唱會結束後，蘿茲似乎為了講述感想，四處尋找著三雨的身影。三雨被她撞見的時候，似乎嚇了很大一跳。

而說起三雨被嚇到的原因——

則是因為蘿茲大受演唱會的震撼，把整張臉都給哭花。

自從那天之後，蘿茲就像隻相處已久的大型犬似的，整天都圍繞著三雨團團轉。

哎，能對應這種關係的詞彙，想必只有一個吧。

蘿茲——成了三雨的粉絲。

「那、那個……小蘿茲，演唱會不是說辦就能辦的……」

「咦——可是我還想聽啦——！至少把那場演唱會的錄音檔給我吧？」

「咱一時不察，沒把那場錄下來……不、不過！我改天會再錄音的！」

我不曉得對於在場的許多學生來說，那場演唱會帶來了什麼樣的感想。但即便是對音樂一無所知的蘿茲，也被那天的表演深深地打動了。

而我知道，還有另一人也受到了那首歌曲的影響。

在演唱會結束後不久，三雨打了電話過來。我在困惑之餘接通電話，隨即便聽到她慌慌張張的聲音。

「欸有葉！怎麼辦！欸，咱要怎麼辦？」

「妳先冷靜一下啦。發生什麼事了？難道又是惡魔——」

「不是啦，是比惡魔還要厲害很多很多的事！你看這個！」

她似乎透過簡訊傳了訊息過來，於是我轉成擴音模式，將手機拿離耳邊。我確認畫面，發現那似乎是社群網站的網址，於是按下連結跳轉網頁，看到文化祭的演唱會被貼在社群網站上，還捕捉到三雨扮成兔女郎自彈自唱的模樣。

「這又怎麼了？」

「你兩張都看了嗎？照片有兩張喔！」

我偏頭感到不解。但在看到下一張照片時，我大吃一驚。

在緊張過度、露出僵硬笑容的三雨身旁，有個拋著媚眼的女子。

是慣性樂團的主唱。

「咦，妳怎麼會和她合照？」

「咱才想問啦——！」

三雨用幾乎要把擴音器喊破音的音量吼道。

「那個……她似乎跑來聽了那場演唱會，還在散場之後特地跑來找咱。咱以為要死了！以為要死掉了啊！」

我再次看向畫面，只見那篇貼文是這麼寫的：

〈我偷偷跑來逛母校的文化祭了～♡還找到一個未來的搖滾之星呢♡〉

ertia
438個讚
母校文化祭的演唱會
星呢♡

我不曉得三雨是不是一名才華洋溢的音樂人，畢竟所謂的才能，有時候是從結果反推出來的能耐。經歷過衣緒花的事件之後，我已痛切地明白——所謂的結果，往往會受到各式各樣的因素影響。

儘管如此，那一天，三雨仍無庸置疑地打動了許多人的心。

「早安。」

耳熟能詳的嗓音，將陷入沉思的我拉回現實。

衣緒花踏入了教室。

她輕盈地從我身後經過，與三雨和蘿茲會合。

「啊，小衣緒花！」

「衣緒花！妳今天怎麼這麼晚！」

「敘話的手塚先生一大早就傳了衣服的設計圖過來，我是先跑完步才回覆的，所以花了不少時間。」

「啊，這種講法好卑鄙～蘿茲知道喔，這就是所謂的炫耀！」

「我哪有在炫耀呀？妳上次在試鏡裡贏過我的事，我可還沒原諒妳喔。」

「咦～？那是我靠實力掙來的呀～？果然對於衣緒花這種量產型來說，英國品牌還是太難駕馭了吧～？」

「妳覺得妳是靠實力贏過我的……？要不要比一比物理方面的實力呀……？」

「好可怕！反對暴力！」

「妳們都好厲害呢……啊，小衣緒花，之前借妳的書看完了嗎？」

「謝謝妳，我大有斬獲。我原本就有計畫鑽研音樂和時尚之間的關係，但一直不得其門而入，為此傷透了腦筋呢……」

「能幫上小衣緒花的忙真是太好了！原來如此，果然說到七〇年代──」

「欸，三雨，話說回來，妳回覆阿海學長了嗎？」

「呃……」

「我也很在意呢。」

「呃，還沒有……」

「你們先交往不就得了！交往之後再好好思考就行啦！」

「妳在胡說什麼呀，三雨同學和妳不同，不是那種輕薄的個性。」

「咦──好麻煩喔──」

「嗚……咱也覺得自己這樣的個性很麻煩……」

「那就來搞那個吧！那個──作戰會議！」

「不不，但小衣緒花和小蘿茲應該都很忙吧……」

「比戀愛八卦還重要的工作並不存在。」

「應該是存在的吧？」

「那就帶著睡衣去衣緒花家集合吧！」

「恕我拒絕。」

「咦——為什麼？妳不是一個人住嗎？讓我們辦嘛，讓我們睡嘛！」

「……蘿茲，妳擅長打掃嗎？」

「什麼跟什麼啊？還算會打掃吧。」

「咱很喜歡打掃喔。」

「我想到了一個天才般的好點子。要辦在我家是沒關係，只不過……還請兩位務必做好覺悟。」

「小蘿茲呀，這樣安排真的沒問題嗎……？」

「三雨，我們還是別辦了吧。」

「別想臨陣脫逃！」

「呀啊——！」

這就是所謂的三個女人一台戲吧。我懷著莞爾的心情聆聽她們的互動。

衣緒花、蘿茲、三雨——她們不知不覺間成了朋友，每天早上都會齊聚一堂，嘻嘻哈哈地鬧成一團。想到她們都曾孤獨地面對過自己的問題，才發現她們已經在這條路上走得這麼遠了。只不過我想在最深層的部分，她們仍存在著共通之處吧。曝光了心底祕密的惡魔，卻促成人與人之間的緣分，實在矛盾至極。

驀地，我和衣緒花對上了視線。她在和三雨與蘿茲聊天的同時，朝我微微一笑。

像是只展露給我看似的——

她頭髮上的石頭髮夾，正綻放著光芒。

■

「然後呢，我這週末又有拍攝的工作……結束後還得被手塚先生找去開會……新款的設計……結束時大概是六點左右，所以……」

放學後，我造訪了衣緒花的住處。我聽著聆聽著衣緒花用吸塵器吸地時說出的話語，同時有條不紊地將垃圾打包。

講到最後，她們還是決定舉辦睡衣派對。但冷靜想想，若是把蘿茲和三雨都抓來打掃，那大概也開不成作戰會議了吧。這種情況讓我不禁心生同情，於是便在開設派對之前偷偷地幫忙打掃。

「有葉同學，你有在聽嗎？」

「抱歉，我只聽進了三成左右。」

「真是的，你是不是恍神啦？」

「沒有啦，我只是覺得好像**沒什麼變化**而已。」

由於我正努力地為滿得難以綁好的垃圾袋打結，才閃過腦袋的念頭就這麼脫口而出。

衣緒花關掉吸塵器，露出壞心眼的笑容湊了過來。

「哦——你是在期待些什麼嗎？真是下流。」

「我、我不是那個意思啦！」

「真是的，傻呼呼地直來直往可不行喔。」

她說著抽離身子，調侃似的笑了笑。

「還是說，有葉同學也想加入睡衣派對？」

「我是不曉得那個『還是說』是怎麼銜接的，但我不會參加啦！」

「我原本只是想開個玩笑，但你挺配合的嘛……」

「我沒有能穿給人看的睡衣，就敬謝不敏了。」

「那讓我為你量身打造一套睡衣吧。」

「說起來，衣緒花不也沒有一套像樣的睡衣嗎？」

「那只是便服啦……若要穿出門……呃，為了能在這種時候派上用場，我早就買好了可愛的睡衣。」

「我還是第一次聽說妳會穿睡衣出門啊……？」

「你想看嗎？」

「要說我不在意是騙人的。」

「那要兩個人一起辦嗎？」
「辦什麼？」
「睡衣派對。」
被這樣的話語攻其不備，令我陷入沉默。
感到後悔時已經為時已晚。我應該要一笑置之，講些「妳別亂講，哪可能一起辦啊」之類的玩笑話才對。
畢竟我既然做出了沉默的反應……
就代表內心其實是有所期待的。
我們正以這樣的感覺**交往**著。
哎呀，有生以來我還是頭一次進入這樣的狀態，也沒找過人評比掛保證，所以這或許不算是交往的形式吧。不過我說過自己喜歡衣緒花，衣緒花也說過喜歡我，因此應該是兩情相悅吧？應該是吧？
沒錯，我徹底與過去的日常決裂，如今活在非日常之中。衣緒花成了女友，我則是成了男友。如果連這都不能稱為非日常，又有什麼能相提並論呢？
我想像著白堊紀之後的下一個時代會是何種光景，卻也不希望人類就此被恐龍滅絕。
我感受到自己的臉頰發燙，肯定是滿臉通紅吧。就算說自己是處於被惡魔附身、能從臉頰噴火的狀態，或許也會有人相信。

但衣緒花並沒有深入下去，只是輕柔地笑了一聲。

「有葉同學，你剛才說沒什麼變化對吧？」

「嗯……」

「並沒有這回事，已經有了翻天覆地的變化了喔。」

「……是嗎？」

「因為現在的有葉同學是只屬於我的有葉同學了。要是有其他狐狸精跑來勾引你，我就有了名正言順地殺掉對方的權利呢。」

雖然聽起來實在像是在開玩笑，但衣緒花的雙眼是認真的。

「我不認為這項權利有受到法律認可。」

「那你打算劈腿嗎？」

「我、我才不會劈腿！」

「那我再問一次，你有什麼希望我做的事嗎？」

「嗯——……像是至少要把垃圾拿去倒之類的……」

「啥？這種事情根本無關緊要吧？」

「妳都特地找人來幫忙打掃了，根本不是無關緊要吧。」

「話、話是這樣說沒錯啦，但還有更要緊的事吧！我可是你的女友喔？」

即使她表現得氣勢洶洶，我仍不動如山，因為我已經很習慣和衣緒花這麼相處了。

我停下手邊的動作，稍稍思考了起來。

「可是……如果提出一大堆要求，總覺得這樣很不厚道……」

「我想被你隨意擺布啦！」

「等等，妳在說什麼啊？」

「我、我怎麼隨便亂說話了？真是的……」

這回輪到衣緒花紅起了臉龐。

然後，我們看著彼此，笑了出來。

我知道衣緒花一直想幫上我的忙，但比起讓她做事，我還是更喜歡在各方面關照她。

我一直對衣緒花抱持著自卑感。

就匹不匹配這點來說，我和她肯定不是對等的關係吧。一邊是放話要征服世界，而且事業也蒸蒸日上的模特兒，另一邊則是名不見經傳的我。

如果說是美女與野獸——或許聽起來會響亮一點，但以我們的關係來說，頂多就是暴龍配綿羊吧。

不過我尊敬衣緒花的並不是她的外貌，也不是她的地位，而是她的人生觀。

也就是無論何時都不屈不撓地向前邁進的精神。

我目前還沒找到**非得由我來做的事**。

有朝一日，或許我會變得像衣緒花那樣，朝著明確的終點邁步向前。

即便如此——

綿羊也是有綿羊能做到的事的。若是能待在她身旁，在寒冷的夜晚為她提供暖意，那我覺得現在的形式也不壞。

「欸，你沒聽出來對吧？」

「什麼？」

「我剛才說了，你是只屬於我的有葉同學對吧？」

「嗯。」

「我也是只屬於有葉同學的我喔。」

說著而露出微笑的她，耀眼得讓我無法直視。我下意識地閉上眼睛。

不過這也只是微弱的掙扎罷了。

思念特定的對象，是既高貴又困難的行為。

就像是牽引著兩顆星星互動的力量，會形成天體力學的軌跡那般，我倆總是被看不見的思念耍得團團轉，有時也會相碰衝突。

無法抵抗的強大重力，讓我逐漸接近了她。

不過現在的我已經不會被燃燒殆盡。

因為我在體內找到了屬於自己的熱度。

我既非行星，也不是衛星，而是恆星——與她對等的存在。

我們就像是聯星那般，在相互依偎的同時，在彼此的周遭舞動。

—AOHAL DEVIL2—
PURIFIED

Aohal Devil 2

[CAST]

MIU MIYAMURA

ARUHA ARIHARA

IOKA ITO

ROSAMOND “ROSY” ROLAND ROKUGOU

KAI KAWAGUCHI

SAI SAITOU

SHIITO SHIMIZU

SEITA SEKI

YOMIKO ARIHARA

[STAFF]

TEXT : AKIYA IKEDA

ILLUSTRATION : YUFOU

DESIGN : KAORU MIYAZAKI(KM GRAPH)

EDIT : TOSHIAKI MORI(KADOKAWA)

SPECIAL THANKS :

MIREA

KAZUKI HORIUCHI

KENJI ARAKI

KANAMI CHIBA

KOU NIGATSU

TAKUMA SAKAI

KOTEI KOBAYASHI

REKKA RIKUDOU

MIYUKI SAKABA

TOMOMI IKEDA

[LIST OF BOOKS BY AKIYA IKEDA]

OVERWRITE:THE GHOST OF BRISTOL

OVERWRITE2:THE FIRE OF CHRISTMAS WARS

OVERWRITE3:LONDON INVASION

AOHAL DEVIL

AOHAL DEVIL2

我正在自己家裡看著個人電腦，這是為了梳理此次的風波。

我打開洋芋片的包裝，在用筷子吃著零食的同時敲打鍵盤。我不喜歡讓油膩膩的點心弄髒自己的手。想到明明不是在吃正餐，但之後仍要洗筷子，便讓我感到一陣麻煩。就不能趕快研發個厲害的技術，搞出不會弄髒手的洋芋片嗎？

好啦。

衣緒花同學和三雨同學的案例，成了非常重要的樣本。

亞米雖然鬧出了大規模的風波，但還能說是走在惡魔附身的標準流程上。然而這次的貝雷特就能說是以相當不正常的形式現身了，先讓宿主的身體出現異狀這點耐人尋味。

大概是因為宿主對自己的願望處於**既認同又不認同**的特殊狀態，才會讓身體先產生了變化吧。

哎呀哎呀，戀愛這種事還真是剪不斷理還亂呢。

在這次的風波，我其實也覺得讓**當事人**親手解決是有些危險的判斷。

倘若這是一種醫療行為，我理當讓專家指導患者，施以對症下藥的療程才對。

但驅除惡魔並不屬於**自然科學**的範疇。

那是一種**概念**，也是一種**心理**，對我來說，則是一種**教育**。

在這個世界裡，名為惡魔的現象永遠不會消失。

與惡魔相遇的時候，究竟該怎麼將之驅除呢？驅魔時若不能活用自己的經驗和技術，那便沒有意義了。我所能驅除的惡魔，就只有我能理解的惡魔而已。而我無法一直陪伴宿主度過今後的人生。我的目的並不是驅除惡魔，是打造出能驅除惡魔的人類。

而在這些案例之中，小弟是個擁有頂級驅魔師天賦的天之驕子。

他光是第一次見到衣緒花同學的惡魔，就幾乎只憑一己之力成功地驅除了。而他這回雖然成了願望的象徵，但我聽說他在衣緒花同學和三雨同學打鬥當下，闖進了兩者之間。有勇氣在兩隻惡魔互鬥之際強闖而入的人類，可說是鳳毛麟角。此外，惡魔對他造成的傷勢，往往能以超乎想像的速度迅速復原。

沒錯，讓人驚訝的是，有葉小弟幾乎不會受到惡魔的影響。

一般來說，處理惡魔附身者的案例時所需要警戒的狀況之一，就是二次附身。正所謂「找木乃伊的人自己也成了木乃伊（註：日本諺語，意近於偷雞不著蝕把米）」，為了解決惡魔現象而插手的驅魔師，有可能在與惡魔對峙的過程中讓自己的願望受到刺激，進而遭到惡魔附身——這類案例從古代開始就一直存在。驅除的惡魔附身到驅魔師身上，這樣的例子可說是陳腔濫調了。為了逮住這次的惡魔，我於是利用了這樣的性質。

不過無論是拯救衣緒花同學時，還是與三雨同學對峙時，惡魔不知為何都沒將有葉小弟視為附身的對象。以衣緒花同學的案例來說，可能是受到了求生意志的影響，但亞米並沒有就此附身在他的身上。而以三雨同學的例子來說，在執行儀式的過程中明明沒有做過誘導，惡魔卻仍徑直附著在吉他上頭。

若是參考惡魔這種現象的機制來評斷的話……

有葉小弟是個沒有欲望的人。

的確，他是個善良的孩子，不僅沒什麼私欲，也滿腦子都是在思考著協助他人的方法。由於他是人類，還是存在著必要的生理需求吧。不過惡魔會將高階的欲望——也就是**願望**作為實現的對象，就算他再怎麼善良，也不太可能一點願望都沒有吧？

想到這裡，我閃過了一個念頭。

那是能夠解釋整起狀況的一項假說。

我用顫抖的手點開了命名為「夜見子」的資料夾，重新閱讀起已經整理完畢的手稿。明明是我自己寫下的文章，此時看來卻帶著截然不同的意義。嶄新的觀點、可能性……從中浮現而出的是——

我摒住呼吸，擱下眼鏡。

不可能，這種想法太沒道理了。

夜見子，妳——

驀地，我感受到背後傳來了氣息。

我緩緩轉頭看去。

只見站在門邊的……

是我多次祈求能再次相逢的——她的身影。

「小佐，好久不見。」

她動起薄薄的嘴唇，讓空氣為之震顫。

一切的一切，都和別離的那天毫無變化。

唯有一處例外……

她的右眼——被黑色的眼罩覆蓋住了。

To be continued to

—AOHAL DEVIL 3?—

砂上的微小幸福

Kadokawa Fantastic Novels

作者：枯野瑛　插畫：みすみ

「邪惡的怪物應該消失。你的願望並沒有錯喔。」
這是某個生命活了五天的故事——

商業間諜江間宗史因任務而與女大生真倉沙希未重逢，卻被捲入破壞行動。祕密研究的未知細胞救了瀕死的沙希未。名喚「阿爾吉儂」的存在寄生於其體內，以傷勢痊癒後歸還身體前的期間為條件，與宗史生活在同一屋簷下……

NT$270/HK$90

坐我隔壁的前偶像，要是沒我的企畫就無法過日常生活 1 待續

Kadokawa Fantastic Novels

作者：飴月　插畫：美和野らぐ

再也不被「禁止戀愛」所規範的她，
此時對此仍一無所悉……

轉學來的前偶像——香澄美瑠一點都不普通。無論怎麼看，她那與日常生活相差十萬八千里，竭力賣弄個人魅力的行徑都相當不尋常。然而為了讓香澄體驗普通的高中生活，我「渾渾噩噩」的日常也產生了變化……這是我與她，交織著青春與再出發的故事——

NT$260/HK$87

在地鐵拯救美少女後默默離去的我，成了舉國知名的英雄。1~2 待續

Kadokawa Fantastic Novels

作者：水戸前カルヤ　插畫：ひげ猫

濫好人英雄的學園戀愛喜劇，愛情發展也很火熱的運動會篇揭開序幕！

雛海不知道自己的救命恩人正是涼，就這樣與他慢慢地加深感情。而時值眾人正在準備與他校聯合舉辦的運動會，名叫草柳的男人突然現身表示：「那天的英雄就是我。」得知草柳以恩人之姿積極接近雛海的卑劣目的後，涼為了保護她而在背地裡展開行動……

各 **NT$260/HK$87**

因為女朋友被學長NTR了，我也要NTR學長的女朋友 1~3 待續

Kadokawa Fantastic Novels

作者：震電みひろ　插畫：加川壱互

餘情未了？別有所圖？
以選美比賽為舞台，前女友即將展開報復？

在蜜本果憐的安排下，燈子被迫參加校內選美大賽，卻意外陷入苦戰。優提議以燈子罕為人知的可愛一面來博取支持，結果又是做菜又是穿泳裝，甚至還得展現令人難以想像的一面？兩人被前女友來襲的狀況耍得團團轉，戀情究竟會如何發展？

各 **NT$220~250/HK$73~83**

身為VTuber的我因為忘記關台而成了傳說 1~6 待續

Kadokawa Fantastic Novels

作者：七斗七　插畫：塩かずのこ

衝擊的VTuber喜劇，
傳說與傳說硬碰硬的第六集！

在「三期生一週年又一個月紀念直播」完美落幕後，傳說級的VTuber「星乃瑪娜」居然邀請淡雪參加她的畢業直播！眼見要與尊敬的Ｖ進行合作，淡雪在感到緊張之餘也決定全力以赴。在這段過程中，淡雪因為微不足道的契機而面對起自己的「家人」——

各 **NT$200~220/HK$67~73**

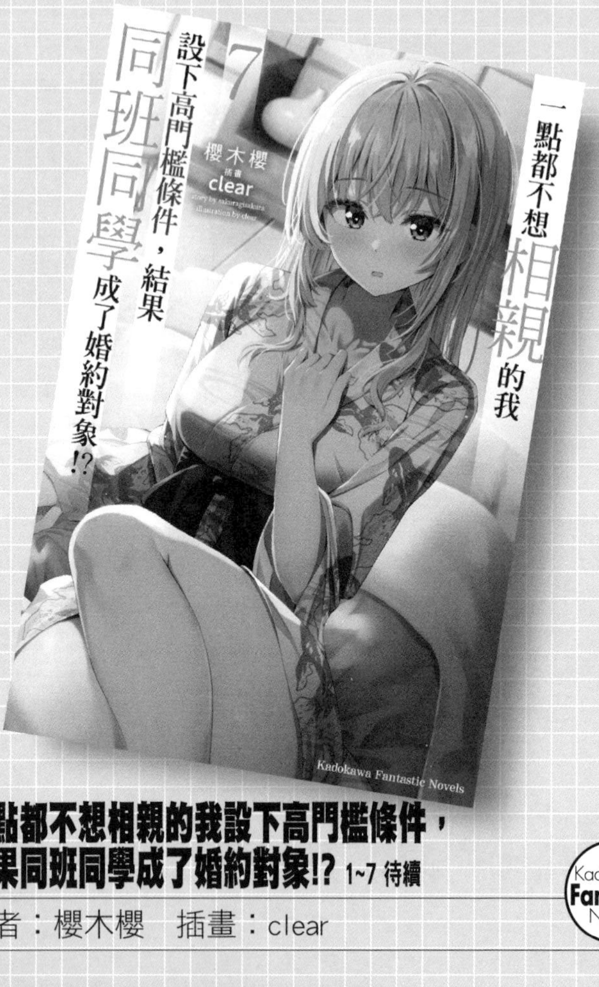

一點都不想相親的我設下高門檻條件，結果同班同學成了婚約對象!? 1~7 待續

Kadokawa Fantastic Novels

作者：櫻木櫻　插畫：clear

隨著關係變得更加親密而來的是——假戲成真的甜蜜戀愛喜劇，獻上第七幕。

愛理沙與由弦在耶誕節造訪遊樂園，享受兩天一夜的約會。除夕一起煮跨年蕎麥麵。新年共同前往神社參拜——度過了許多甜蜜愉快的時間。而一個月後的情人節，由弦滿心期待收到愛理沙的手作巧克力，結果在學校的鞋箱裡發現一個繫著可愛緞帶的盒子……

各 **NT$220~250/HK$73~83**

轉生為故事的黑幕~以進化魔劍和遊戲知識傲視群倫~ 1~2 待續

Kadokawa Fantastic Novels

作者：結城涼　插畫：なかむら

「我的劍就是為了這種時候存在的。所以──」
連的故事，又有了重大的變化──！

和聖女莉希亞與其父克勞賽爾男爵談過之後，連決定暫時留在男爵宅邸，一邊處理男爵家的工作，同時一邊在公會當冒險者發揮本領。而為了協助男爵家，他在莉希亞的目送下前往某處，邂逅了一位意料之外的少女。她和掌握故事重要關鍵的人物有關……？

各 **NT$260~300/HK$87~100**

藥師少女的獨語 1~12 待續

Kadokawa Fantastic Novels

作者：日向夏　插畫：しのとうこ

雀的真面目終於即將揭曉。但是……
貓貓究竟是否能夠平安返回中央？

　　西都的戰端以玉鶯意外遇刺而迴避，卻陷入群龍無首的困境，王氏只得不情不願地處理當地政務。某天，有人請託壬氏教導玉鶯的兒子們學習西都政事，誰知其長子鴟梟卻是個無賴漢。而其餘二人也從未受過繼承人的教育，令貓貓大感頭疼。然而——

各 NT$220~300/HK$75~100

國家圖書館出版品預行編目資料

青春與惡魔 / 池田明季哉作 ; 蔚山譯 . -- 初版 . --
臺北市 : 臺灣角川股份有限公司 , 2024.02-
冊 ; 公分
譯自 : アオハルデビル
ISBN 978-626-378-602-8(第 2 冊 : 平裝)

861.57 112021365

Kadokawa
Fantastic
Novels

青春與惡魔 2

（原著名：アオハルデビル 2）

2024年2月26日　初版第1刷發行

作　　者：池田明季哉
插　　畫：ゆーFOU
譯　　者：蔚山

發 行 人：台灣角川股份有限公司
總　　監：呂慧君
總 編 輯：蔡佩芬
主　　編：林秀儒
編　　輯：邱璨萱
設計指導：陳晞叡
美術設計：李思穎
印　　務：李明修（主任）、張加恩（主任）、張凱琪

發 行 所：台灣角川股份有限公司
地　　址：104台北市中山區松江路223號3樓
電　　話：（02）2515-3000
傳　　真：（02）2515-0033
網　　址：www.kadokawa.com.tw
劃撥帳戶：台灣角川股份有限公司
劃撥帳號：19487412
法律顧問：有澤法律事務所
製　　版：巨茂科技印刷有限公司
ＩＳＢＮ：978-626-378-602-8